사소한 물음들에 답함

사소한 물음들에 답함

송 경 동   시 집

창비

차 례

제1부

혜화경찰서에서 010

가두의 시 012

석유 014

오줌 누고 자!라는 말 015

사소한 물음들에 답함 016

똥통 같은 세상 018

무허가 019

첫 고료 020

이 삶의 고가에서 잊혀질까 두렵다 022

가리봉오거리 연가 024

마산항 새벽복국 026

오늘은 여기서 자고 가야겠다 028

목수일 하면서는 즐거웠다 030

내 영혼의 방직소 031

그해 늦은 세 번의 장마 032

김남주를 묻던 날 033

미행자 034

제2부

어린 날의 궁전   038

동지선달 꽃 본 듯이   040

우리들의 암송   044

당신의 운명   046

어이!   047

그해 겨울 돗곳   048

대마치 연가   050

재개발을 기다리는 까치들   052

그해 여름 장마는 길었다   053

돈   056

겨울, 안양유원지의 오후   058

어떤 약   062

생태학습   064

제3부

나의 모든 시는 산재시다   068

안녕   073

비시적인 삶들을 위한 편파적인 노래   076

너희는 고립되었다   081

꿈의 공장을 찾아서   086

멕시코, 깐꾼에서 089

별나라로 가신 택시운전사께 092

이 냉동고를 열어라 096

너는 누구에게 물어보았니 100

촛불 연대기 106

황새울 가는 길 111

제4부

오래 산 나무에 대한 은유를 베어버리라 116

난지도 쓰레기꽃 117

참, 좆같은 풍경 118

주름 120

경계를 넘어 122

아직 오지 않은 말들 124

셔터가 내려진 날 126

삶이라는 광야 129

서정에도 계급성이 있다 130

혁명 132

뇌파 133

수조 앞에서 134

가을, 나무들에게 135

도살장은 무죄다   136
당신은 누구인가   138

해설 | 박수연   140
시인의 말   158

제1부

혜화경찰서에서

영장 기각되고 재조사 받으러 가니
2008년 5월부터 2009년 3월까지
핸드폰 통화내역을 모두 뽑아왔다
난 단지 야간 일반도로교통법 위반으로 잡혀왔을 뿐인데
힐금 보니 통화시간과 장소까지 친절하게 나와 있다
청계천 탐앤탐스 부근……

다음엔 문자메씨지 내용을 가져온다고 한다
함께 잡힌 촛불시민은 가택수사도 했고
통장 압수수색도 했단다 그러곤
의자를 뱅글뱅글 돌리며
웃는 낯으로 알아서 불어라 한다
무엇을, 나는 불까

풍선이나 불었으면 좋겠다
풀피리나 불었으면 좋겠다
하품이나 늘어지게 불었으면 좋겠다
트럼펫이나 아코디언도 좋겠지

10

일년치 통화기록 정도로
내 머리를 재단해보겠다고
몇년치 이메일 기록 정도로
나를 평가해보겠다고
너무하다고 했다

내 과거를 캐려면
최소한 저 사막 모래산맥에 새겨진 호모싸피엔스의
유전자 정보 정도는 검색해와야지
저 바닷가 퇴적층 몇천 미터는 채증해놓고 얘기해야지
저 새들의 울음
저 서늘한 바람결 정도는 압수해놓고 얘기해야지
그렇게 나를 알고 싶으면 사랑한다고 얘기해야지,
이게 뭐냐고

가두의 시

길거리 구둣방 손님 없는 틈에
무뎌진 손톱을 가죽 자르는 쪽가위로 자르고 있는
사내의 뭉툭한 손을 훔쳐본다
그의 손톱 밑에 검은 시(詩)가 있다

종로5가 봉제골목 헤매다
방 한칸이 부업방이고 집이고 놀이터인
미싱사 가족의 저녁식사를 넘겨본다
다락에서 내려온 아이가 베어먹는 노란 단무지 조각에
짜디짠 눈물의 시가 있다

해질녘 영등포역 앞
무슨 판촉행사 줄인가 싶어 기웃거린 텐트 안
시루 속 콩나물처럼 선 채로
국밥 한 그릇 뚝딱 말아먹는 노숙인들 긴 행렬 속에
끝내 내가 서보지 못한 직립의 시가 있다

고등어 있어요 싼 고등어 있어요

저물녘 "떨이 떨이"를 외치는
재래시장 골목 간절한 외침 속에
내가 아직 질러보지 못한 절규의 시가 있다
그 길바닥의 시들이 사랑이다

석유

어려선 그 냄새가 그리 좋았다
모기를 죽이는 것도
뱃속 회충을 죽이는 것도 그였다
멋진 오토바이를 돌리고
삼륜차 바퀴를 돌리고
누런 녹을 지우고 재봉틀을 매끄럽게 하던
미끈하고 투명한 묘약
맹탕인 물과는 분명히 다르다고
동동 뜨던 그 오만함도, 함부로 방치하면
신기루처럼 날아가버리던 그 가벼움도 좋았다
알라딘의 램프 속에 담겨진 것은
필시 그일 거라 짐작하기도 했다
개똥이나 소똥이나 물레방아나
나무장작과 같은 신세에서 벗어나
그가 있는 곳으로 가고 싶었다 그렇게
기름때 전 공장노동자가 되었다
빨아도 빨아도 지워지지 않는 얼룩도
그의 것이라는 것을 알았다

오줌 누고 자!라는 말

배관공 보조로
여천석유화학단지에 새벽 출근하던 때
점심 무렵이면 벌써 몸이 천근만근
식판 한 그릇 금세 뚝딱하면
포대자루처럼 아무데나 누워
혼절하듯 쪽잠에 빠지곤 했는데
그때마다 늙은 선배공들이
능글맞게 깨우던 소리

"어이, 오줌 누고 자"

오줌 누고 잘 시간 어디 있다고
오줌 누고 싶은지는 또 어떻게 알았는지
달군 쇠판처럼 얼굴 붉어지곤 했는데
오늘도 어디에선가
오줌 누고 자고 있을 그들을 생각하면
뒤척이는 나뭇잎 하나도
함부로 흔들어 깨우지 못하겠다

사소한 물음들에 답함

어느날
한 자칭 맑스주의자가
새로운 조직 결성에 함께하지 않겠느냐고 찾아왔다
얘기 끝에 그가 물었다
그런데 송동지는 어느 대학 출신이오? 웃으며
나는 고졸이며, 소년원 출신에
노동자 출신이라고 이야기해주었다
순간 열정적이던 그의 두 눈동자 위로
싸늘하고 비릿한 막 하나가 쳐지는 것을 보았다
허둥대며 그가 말했다
조국해방전선에 함께하게 된 것을
영광으로 생각하라고
미안하지만 난 그 영광과 함께하지 않았다

십수년이 지난 요즈음
다시 또 한 부류의 사람들이 자꾸
어느 조직에 가입되어 있느냐고 묻는다
나는 다시 숨김없이 대답한다

나는 저 들에 가입되어 있다고
저 바다물결에 밀리고 있고
저 꽃잎 앞에서 날마다 흔들리고
이 푸르른 나무에 물들어 있으며
저 바람에 선동당하고 있다고
가진 것 없는 이들의 무너진 담벼락
걷어차인 좌판과 목 잘린 구두,
아직 태어나지 못해 아메바처럼 기고 있는
비천한 모든 이들의 말 속에 소속되어 있다고
대답한다 수많은 파문을 자신 안에 새기고도
말없는 저 강물에게 지도받고 있다고

똥통 같은 세상

나이 먹으며 알게 된 것은
내가 높은 꿈보다 낮은 똥을 안고 살아온 시간이
더 많았다는 것이다 지금쯤 내 똥이
얼마나 무르익어 어느 선까지 내려와 있는지
아는 것이다 어려서는 며칠에 한번씩 싸기도 했지만
웬만하면 날마다 먹은 만큼은 똥을 싸는 게
건강한 일이라는 것이다 지키지도 못할 약속을
크게 배설하는 일보다 조그만 변기 위에 앉아
힘주어 굵은 똥 싸는 일이 그나마
세상을 위해 거룩한 일이라는 것이다 그리하여
위대한 것들보다 그 위대한 것들이 싸놓은
똥을 연구하는 것이 더 풍부하고 진솔할 것이다
먹은 만큼도 싸지 못하는 불구의 기계들이
어딘가 얹혀 세계를 병들게 하는
이 똥통 같은 세상에서
당신이 달콤한 꿈을 꾸는 동안
나는 검게 그을린 똥을 구웠다고 할 것이다
당신이 철학을 했다면
나는 똥을 했다고 할 것이다

무허가

용산4가 철거민 참사 현장
점거해 들어온 빈집 구석에서 시를 쓴다
생각해보니 작년엔 가리봉동 기름전자 앞
노상 컨테이너에서 무단으로 살았다
구로역 CC카메라탑을 점거하고
광장에서 불법 텐트 생활을 하기도 했다
국회의사당을 두 번이나 점거해
퇴거 불응으로 끌려나오기도 했다
전엔 대추리 빈집을 털어 살기도 했지

허가받을 수 없는 인생

그런 내 삶처럼
내 시도 영영 무허가였으면 좋겠다
누구나 들어와 살 수 있는
이 세상 전체가
무허가였으면 좋겠다

첫 고료

1997년, 87년 노동자대투쟁 당시 생겨났던
나우정밀노조가 해산했다
내 청춘도 함께 저물어가는 듯 아려
10년사를 정리하자 했다

잘 열리지 않던 철제 캐비닛에서
사진들이 녹처럼 떨어져내렸다
주섬주섬, 1년이 지나 『영원히 꺼지지 않는 희망의 횃불
로』라는
조그만 책이 정가도 없이 나왔다

감수를 본 마지막 위원장 김미옥은
다른 곳은 손대지 않고
'전두환'과 '정권' 사이에
모두 '파쇼'자를 또박또박 넣어 왔다

그해 겨울 구로노동자문학회 총회 때
그들이 마지막 조합비라며 20만원이 든 봉투를 내놓았다

'파쇼'에 맞서 제대로 한번 싸워보지도 못한 나는
글을 써 돈을 받는 것이
무슨 죄라도 짓는 것처럼 부끄러웠다

이 삶의 고가에서 잊혀질까 두렵다

　가리봉2동 닭장촌에서 남부순환도로를 넘어 공단으로
가는 길은 그 고가뿐이었다 철근쟁이 어깨마냥 한켠으로
10도쯤 기울어진 계단, 6차선 순환도로 위에서 출렁거리
다 꽈배기처럼 비틀려진 다리, 나도 그 고가를 비틀거리며
수없이 넘었다

　그 고가 너머 한 닭장집 지하 끝방에 살았다 보증금 50
에 월세 8만원 바퀴벌레와 쥐벼룩이 혼거하던 방 슈퍼집
외상 장부에 씌어지던 라면과 부탄가스… 여덟 개의 칸막
이 닭장 위에 툭 트인 안방과 마루를 가진 주인 여자는 가
끔씩 방문 앞에 서서 가지 않았다, 월세를 내지 않으려면
너의 젊음을 내놓으라는

　그 방에서 때론 네 명이 부침개를 해먹고, 다섯 명이 술
잔을 돌리고, 여섯 명이 자기도 했다 나는 그 지하에서 맑
스와 레닌과 모택동과 호찌민과 중남미혁명사와 한국근현
대사를 월경했다 사회주의 리얼리즘과 모더니즘과 포스트
모더니즘을 주유했다 그러다 지치면 살갗이 벗겨지도록

두 번이고 세 번이고 수음을 하곤 했다

　아침이면 다시 지하방에서 솟아오른 사람들이 공단으로 피와 땀을 팔기 위해 활기차게 넘던 그 고가, 그 길밖에 없었던, 젊은 날들을 다 보낸, 지금은 테크노 디지털밸리가 된 굴뚝 공단에 흉물처럼 남아 있는, 나처럼 남아 있는, 나는 아직도 그 불우하고 불온했던 삶의 고가에서 내가 잊혀질까 두렵다

가리봉오거리 연가

비 내리는 일요일 오후
오거리 돼지껍데기집에서
가리봉 20년 지기들이 세월에도 굳지 않는
추억들을 투닥투닥 굽고 있다
노래도 한소절씩 화덕 위로 올린다
한땐 선진노동자로 여름 볕처럼 짱짱했지만
이젠 갈 곳 없이 변두리 운짱으로
일용노동자로 마찌꼬바로 떠돌며 사는 사람들

"밀리고 밀려, 쫓기고 쫓겨 단순조립공
꿈과 희망은 바스러지누나"*

이 빠진 것처럼 군데군데
기억나지 않는 노래들을 꿰맞추며
우린 다시 어떤 사랑을 깁고 싶은 걸까
세상은 좋아졌다는데 아직도
맥주보다는 소주가 수월하고
집안 걱정 아이 걱정 일 걱정 하다보면

변혁의 주인이라는 노동자의 꿈도
탈탈 턴 호주머니처럼 스산해지고
몇잔 술에 코끝 찡해
잊었던 팔뚝질을 해보기도 하지만
우리는 개인이 아니었는데
개인이 되고 말았다는 서글픔만

* 노래 「단순조립공」 중에서.

마산항 새벽복국

십수년 마산을 다녔다
밤 열시 도착해 회의 끝내면 새벽 네시 어름
새우깡에 찬 소주 몇잔 돌아 얼얼해지면
마산항 새벽시장으로 향했다
거기 오천원짜리 새벽복국집에 마주앉아
식초 흠뻑 탄 복국물을 들이켰다

그 맛에 마산 다녔다
짱뚱어처럼 검은 얼굴
한땐 마창노련 가투의 마왕이었다지만
지금은 하청업체에 밥 빌러 다니는 김건곤과
여호아의 증인들에게 나는 전태일교 신자라 했다는 김
태성과
한땐 태극기 이마에 묶고 미문화원 들어간 도도한 청년
이었다가
지금은 세상에 죄지은 바 없이 모자 푹 눌러쓰고
이삿짐 카고 운전을 하는 정윤과
십년 도장공 생활에도 학출티가 안 빠진다고

수줍어하는 꽃미남 오도엽과
끈 떨어진 망실공비 육순의 김하경과
2년 후면 공장생활 어언 정년이라는 이한걸 형
허리디스크 산재생활 3년 하니 목디스크까지 왔다는
상호와 마주앉아
오래 끓일수록 맛 더 우러나오는
새벽복국 먹으러 갔다

고춧가루 훌훌 풀고
간장에 겨자도 듬뿍 이겨
마이 좀 묵어라 좋다 아이가 하다보면, 이 한 몸
저 민중의 바다에 던져?
껄껄껄 낄낄낄 웃다보면, 생의 완성은
다만 저 혁명의 완수에만 있지 않아
다시 찬찬히 떠오르던 마산항
붉은 새벽노을

오늘은 여기서 자고 가야겠다

대전역 내리니 연계된 기차가 없었다
오늘은 여기서 자고 가야겠다고 생각하니
막막해졌다 우선 짐을 맡기러 물품보관소에 가니
11시 52분, 오늘까지는 1200원인데
내일이 되면 가산요금이 붙는다고 한다
교각 아래 텅 빈 플랫폼을 보며 8분을 기다린다

오늘은 여기서 자고 가야겠다고
마음을 내려놓았지만 너의 문은 열리지 않았다
지친 몸을 뉘어야 하는데
아침이면 또 먼 길을 떠나야 하는데
너는 오늘은 안된다고 했다
나는 갈 곳 잃은 새처럼 거리를 헤매거나
초라한 마차에서 혼잣술에 입부리를 적셔야 했다

0시 1분, 오늘은 여기서 자고 가야겠다고
보관함에 짐을 부렸는데
벌써 떠나야 할 오늘이 되어버렸다는 서글픔

언제였던가 그때도 나는
오늘은 여기서 자고 가야겠다고
이 별에 고단한 짐을 부렸지
행복했던가 따뜻했던가

어디라도 가서 몸을 뉘어야 하는데
내일 다시 가야 할 새로운 정거장들만이
저 하늘에 하나둘 그리운 별빛으로 떠올라 있다
깃들일 곳 하나 없이
뜬눈으로 새우다 가더라도
나는 오늘밤 이 별에서 자고 가야 한다

목수일 하면서는 즐거웠다

보슬비 오는 날
일하기엔 꿉꿉하지만 제끼기엔 아까운 날
한 공수 챙기러 공사장에 오른 사람들

딱딱딱 소리는 못질 소리
철그렁 소리는 형틀 바라시 소리
2인치 대못머리는 두 번에 박아야 하고
3인치 대못머리는 네 번엔 박아야
답이 나오는 생활

손으로 일하지 않는 네가
머릿속에 쌓고 있는 세상은
얼마나 허술한 것이냐고
한뜸 한뜸 손으로 쌓아가지 않은
어떤 높은 물질이 있느냐고
물렁해진 내 머리를
땅땅땅 치는 소리

내 영혼의 방직소

길 건너 3층 내수전문의류업체
흰 백열등 아래 눈이 퍼렇게 언
파키스탄 노동자 몇이 입김 내뿜으며
직조기 따라 곱고 둥근
꿈의 원단을 나르고 있다

이제 그들이
내 영혼의 방직소를 대신 돌려주고 있는데
나는 얼마큼 걸어와 길 잃은 낙타인가
헝클어진 실타래, 올 풀린 영혼
잊고 싶었던 어떤 유령들의 말

"만국의 노동자여! 단결하라"

그해 늦은 세 번의 장마

그해 늦은 세 번의 장마는 음울했다
벼락 맞은 나무처럼 쓰러져
문밖으로 나가지 못하는 날이 많았다

남북정상회담이 이루어졌고 수많은 이들이
눈물바람으로 남북을 오갔다
수천명의 목을 자른 한 자본가는 수천 마리 소떼를 몰고 가
영웅이 되었다 그때마다 거리에서 부딪쳤던
곤봉의 세월이 허리를 끊으며 떠오르곤 했다

3년째 천막농성을 하다 구속당한
전자공장 여성노동자들의 안부와 무관하게
양장 고운 『체 게바라 평전』은 불티나게 팔렸다
8·15 사면복권증을 받아온 한 선배는
넌지시 매문을 물어왔다

"기획출판을 하면 돈을 벌 수 있다는데……"

김남주를 묻던 날

경기대에서 「조국은 하나다」
육성시낭송을 듣고도 울지 않고
광주 톨게이트, 빛고을 시민들보다
먼저 와 그를 기다리고 섰던
백골단 장벽 보면서도 울지 않고
불 꺼진 취조실마냥 어둡던 망월동
그의 하관을 보면서도 이 악물었는데

그를 묻고 돌아온 서울
심야버스 타고 마포대교를 건너다
다리 난간에 덜덜거리는 허리 받치고
해머드릴로 아스팔트 까며 야간일 하는
늙은 노동자들을 본 순간
이 악물며 울고 말았다
그가 간 것보다 그가 사랑했던 한 시대가
저물어가는 것이 서러웠다

미행자

그는 나와 함께 밥을 먹고
산책을 하고 영화를 보고 데이트를 한다
휴대폰을 듣고 문자를 주고받으며
이메일을 쓰고 읽는다

그는 따라다니며
단 한번도 내 삶에 간여하지 않았지만
나는 그를 만난 이후로
모든 삶을 정리해야 했다

그가 보이지 않으면
오히려 불안하다 보이지 않을수록
그는 스쳐지나가는 모든 눈빛 속에 살아 있고
다가오는 모든 소리 뒤에 숨어 있다

나는 점점 그를 닮아간다
소리 없이 흔적 없이 움직이고
의식의 그림자조차 기록하거나

전하거나 남기지 않는다

하지만 그는 지금도
자신이 무엇의 뒤를 쫓고 있는지를 모른다
그는 다만 지난 시대의 그림자를 밟고 있을 뿐
나의 꿈은 이미 이 세상의 것이 아니다

제2부

어린 날의 궁전

 바닷가 둑 아래 꼬막집이었다. 엄니는 멍든 보자기에 초 승달만한 세간을 싸서 이고 석류나무 밑을 지나 떠났다. 또 그렇게 집 나가 몇날째 공산(空山) 달 밑에 숨어 사꾸라 의 꿈을 좇던 아버지. 남은 우린 페르시아의 양탄자와 도 깨비에게서 빼앗은 요술방망이로 엄니에게 줄 집 한칸, 아 부지에게 줄 금덩이 한쪽을 캄캄한 상상의 뒷간에 쌓고 쌓 았다. 우리에게도 행복을 달라는 말은 끝내 못했는데 '게 어서 안 자냐' 뒷방천 검은 물이 머리맡까지 몰려와 사납 게 출렁거리곤 했다.

 늘 발목이 나오던 누비이불. 배고프면 사람 살도 뜯어먹 는다는 쥐들이 퉁탕거릴 때마다 통째로 쏟아질 듯 더 우묵 하게 처지던 천장. 문풍지 틈으로 날름거리며 우리 발목을 핥아먹던 찬 겨울의 혓바닥이 무서워 '성아' 하며 꼭 껴안 던 숱한 밤들. 잠들면 사라져버릴 꿈의 궁전이 아쉬워 우 리 잠들지 못했거니…… 이젠 나이 먹어 성인이 되었지만 꿈도 없이 잠 못 드는 밤. 개량된 닭장촌 비좁은 5층 창에 마른 목 내밀고 보니 달빛 시리다. 어디선가 또 아이들 우는 소리. 아직도 어디선가 내가 울고 있는 소리.

동지섣달 꽃 본 듯이

어떤 예수전

새벽 다섯시 신사역
행려병자 하나가 자꾸 날 보고 히쭉거린다
비렁뱅수 생각

오일장터 일성옥에서 밥 빌어먹으며
히쭉해쭉 일없이도 잘 웃던 당신
이쁜이 이모 종수발 좋아해서
"동지섣달 꽃 본 듯이 히쭉해쭉"
포주들 밤 놀잇감이 되곤 하던
밤 깊도록 찰랑찰랑 대나무 평상도 따라 웃고
어이구, 동네 몽둥이가 여기 있었네
아랫도리 벗기던 포주들
"동지섣달 좆 본 듯이 움찔 꿈질" 합창을 하고, 낄낄낄낄
우린 당신의 그것을 작대기로 땅에 그렸는데
고무신짝을 대보고 그보다 작으면
다시 문어만하게 그리고
"동지섣달 떡 본 듯이 움찔 꿈질"
그땐 웃으면 왜 배가 덜 고팠는지

40

일 없는 대낮이면 작대기로
개 잡듯 당신을 몰고 다니며
우린 시궁창 미나리들처럼 금세 자랐다
공동변소 벼람박에 또 몇번의
공시 벽보가 붙었다 떨어지는 동안
어느새 중학모를 쓰고 의젓해진 우릴 쫓아
당신은 가끔 학교 앞 담장 밑에
쪼그려앉아 있곤 했다
일성옥에서 쫓겨나서도
오일장터를 떠나지 못하던 당신
하수도관에 멍석을 깔고 자던 당신
새벽이면 실려갈 장짐 새에 끼여 자던 당신
비 오는 날이면 기대놓은 평상 사이 비집고서 떨다
아침이면 뒷방천에 올라 볕바라기를 하던 당신

소쿠리집 닭 한 마리가 없어져도
그릇집 독 하나가 깨져도

모두가 당신 탓, 어느 해 겨울엔
밤도둑들에게 꾀여 아이들만 자는
기름집 뒤창을 뜯고 들어갔다
우는 아이들 달래다 붙잡혔던 당신
덕석 말려 부지깽이로 맞던 당신
역전으로 쫓겨났다 야산으로 쫓겨났다
시름시름 영영 보이지 않던 당신

그렇게 좋아하던 이쁜이 이모
재 너머 젊은 군인 사모하다 농약 먹고 가기도 전에
화따메 나 가심이 다 벌렁벌렁해분다던 여서댁
아주까리 신사 따라갔다 반실성해
시장통 다시 돌아오기도 훨씬 전에
홀쩍 가버렸던 비럼벅수
이젠 공동변소 벼람박도 허물리고
찬바람만 스산하게 지킨다는 시장통의 밤 뒷길
왜 사람들은 당신에게
'예수'라는 이름을 붙여주었을까

첫 전철을 기다리고 앉아 있는
겨울 신사역 새벽 다섯시
그때 그 비럼벅수가 나라는 듯
자꾸 미소 짓는 행려
동지섣달 꽃 본 듯이, 히쭉해쭉
그때 작대기 들고 나를 몰던
네 동무들은 다 어데로 갔냐고, 히쭉해쭉
오일장터 똥방 골목 그 좋던 벗님들은
지금도 모두 다 잘 계시냐고
이쁜이 이모 제사는 누가 지내주느냐고
방천둑 너머 갈대밭은 지금도 싸리비처럼 잘 너울거리
느냐고
남양만 깊은 물줄기는 지금도 그리 퍼렇냐고
너는 이제 이곳에서 무엇을 그리워하고 있느냐고

동지섣달 꽃 본 듯이
히쭉해쭉

우리들의 암송

소년원에서 나는 문맹반 반장이었다
줄이 세 개 쳐진 완장을 두르고
세상을 이미 읽어버린 아이들에게
뜻을 잃은 말들의 파편을 가르쳐야만 했다

가갸거겨고교구규그기

기봉이는 열여섯에 벌써 세번째
본적은 첫 겨울을 난 부산원
이름도 원장이 지어주었다 했다
겨울이 되면 따뜻한 소년원이
더 그리웠다는 아이
구로공단으로 기술이감 갔던 병준이에게선
서울원에 재수감되었다는 편지가 왔었다
"내가 그랬던 게 아니었어요"

가갸거겨고교구규그기

천둥번개 치는 날에는
껴안고 자기도 하던 아이들
형제가 되고 누이가 되기도 하던 아이들
성경책에 말아 피운 톱밥가루에도
세월이 타들어가는지
녹슨 철문이 녹을 털듯
나를 털어냈을 때에도
마음의 창살은 쉬이 풀리지 않았다

가갸거겨고교구규그기

세월이 흘러
잘난 세상에 껴려 할 때마다
반장님 반장님, 중등반 개새끼들이
고등반 개새끼들이 멍청하다고 썹어요
꽉 박아버려요 하던, 그 작은 친구들이
아직도 내 손목을 붙잡고 놓아주지 않는다

당신의 운명

어머니는 밤 기도를 드리고
나는 두 칸짜리 미닫이문 너머에서
바퀴벌레를 잡는다

어머니의 구원은 언제쯤 이루어질까
어머니는 한때 팥알을 썼어 절간엘 다녔다
아카시아향 번지는 개척교회 돌계단도 올랐고
생활이 더 말라가는 말년엔
미사포를 넣고 성당엘 다닌다

그런 어머니를 비꼬기도 했지만
난 어머니의 그 천연덕스러움이 좋다
곤궁한 생활을 피게만 해준다면
설탕이 아닌 사카린이면 어떻고
꿀 아닌 물엿이면 어떤가

어머니에게 절대적인 것은 생활이어서
바퀴벌레처럼 어두운 이 삶이 퍼지지 않으면
저 신의 운명도 오래가지 못하리라

어이!

철야 야참시간
발전기 스위치 내리고 나면
망치도 스패너도 그라인더도 모두 손 놓고
온 세상이 편안한 정전

야참 사오는 신참 발소리가
안전계단을 철렁철렁 울리면
한참 두고 느긋하게 "어이! 참 먹세!" 하고
옆 조들을 불렀다. 정적 속
단내 나는 사람의 목소리가 사과향처럼 다디달아
"어이!" 하고
괜스레 한번 더 불러보았다

지금도 가끔 누군가
그 철야 작업장에서
나를 부르는 메아리 소리를 듣는다
"어이! 어이!"

그해 겨울 돗곳

그해 겨울 돗곳*에 나는 사랑을 묻었다
간척지 둑을 넘어 불던 녹슨 겨울바람
수십 미터 허공 빙벽이 된 둥근 쇠관을 부둥켜안고
떨어져 죽지 않기 위해 네발로 기면서
너의 기억을 지워갔다
모닥불 가 둘러앉아 먹던 차디찬 새참
괜스레 쿵쿵 소리 나게 밟고 오르던 철계단들
H빔에 찍혀 발가락을 잃거나 아득하게 낙하하거나
그라인더 날에 눈 베여 떠나가던 동료들을 보며
몸에 배인 네 살에 대한 그리움을 덜어냈다

쉬는 날이면 공사장 앞 당구장을 배회하거나
멀리 읍내 다방에 나가 너의 흔적을 찾기도 했다
가난한 청년 용접공과 빚더미 다방레지로 만나
우리가 나눈 사랑의 밀어들은 어디로 팔려간 것일까

분노를 담아 내려치던 오함마
마음속 끝까지 지지거리며 타들어오던 용접봉

60만평 간척지에 밤이 내리면 내복바람 오스스 떨며
함바집 공중전화 부스 앞에서
짤랑짤랑 차례를 기다리던 사람들
어느 곳으로도 마음 보낼 곳 없던 나는
먼 선착장까지 걸어갔다가 기진해
눈사람이 되어 돌아오곤 했다
일이 줄고 노임이 깎이고
태업을 하자거나 스트라이크를 하자거나
수군거리는 소리로 숙소동이 들썩거려도 다 뒷전

60미터 고공 철 플랜트 난간에 서서
너의 이름을 부르던 간절한 목소리는
어디까지 가닿았는가 그 청춘의 난간은
또 어디로 팔려갔는가

* 서산군 대산면 돗곳리. 간척지에 공장이 들어섰고 만여명의
일용직이 몰려들었다. 우린 그곳을 한국판 엘도라도라 불렀다.

대마치 연가

새벽 함바
타당타당 함석지붕 때리는 빗소리
오늘은 쉬어도 좋으려나

점점 굵어져 우당탕거리는 비야
올 테면 많이 오거라
발굽으로 마른 땅심을 헤치며
누군들 이 세상을 포효하며
달려보고 싶지 않으랴만
오늘은 그만
누워만 있고 싶구나

마음이 젖으면 어떠리
도면이 젖으면 또 어떠리
뜻대로 지어지는 공장이
뜻대로 지어지는 인생이 어디 있으랴
하늘이 다 무너져 비로 내려도
씨멘트처럼 굳어 깨어나고 싶지 않은 새벽

작업장에서 녹슬어가는 저 잡철들도
오늘은 매 맞지 않아 좋으리

* 대마치: 건설현장에서 비가 오거나 자재가 떨어져 쉬게 되는 날.

재개발을 기다리는 까치들

구로시장 상가건물 4층
화장실에서 쉬를 하다
창 아래 전신주에 올라앉은
까치 한 마리를 본다

새집을 지으려는 듯
입에 문 나뭇가지 하나를
이 앵글 저 앵글에 걸쳐보며
찬찬한 목수처럼 이 궁리 저 궁리
요량을 한다

바람에 위태롭게 날리는
마른 나뭇가지가 여긴 아니라고
이리저리 뒤척인다
못 미더운 나뭇가지 다시 물고
멀리 아파트 숲 사이로 날아가는 새여!

하늘에 뜬 집 하나 얻기가
우린 왜 이다지 힘든지

그해 여름 장마는 길었다

그들의 싸움은 장마처럼 길었다
와? 와아? 와아? 하며
뱃일을 다니는 사내가 밑도 끝도 없이
세간살이 하나하나를 깨나갈 때마다
부둣가 다방엘 다니는 동거녀는
썰물에 씻기는 모래알처럼 쓰러지며
와아? 와아? 와 그라는데? 하며 흐느꼈다

나는 그들의 옆방
달에 10만원짜리 생활 속에
텅 빈 소라껍데기마냥 기구하게 누워
불도 켜지 못한 채 서러웠다
모든 건, 이 지긋지긋한 장맛비 때문이라고
위안해보지만
떨쳐지지 않는 기억들

아버지는 내게 끈질긴 미움과
풀어지지 않는 말들의 매듭과

조그만 상처에도 쨍그랑 깨어지는 가슴을 물려주었다
폭풍우에 휩쓸리는 해초들마냥
쥐어뜯기던 어머니의 머리
퍼런 멍으로 보이던 달
새벽이면 어시장 주변을 배회하던 개들
몇도막 난 생선처럼
도매금으로 뭉툭뭉툭 잘려나가던 젊음

왜? 왜?
왜 그랬는데?
물어도 물어도 서로 대답 없는 뭍처럼 파도처럼
끊이지 않는 이 싸움은 언제나 끝나려나

먼동이 터오는 새벽
밤샘 폭풍우 잦아들고
이제 그만 와아? 와아?
새된 목소리들도 잔물결마냥 잦아들어
슬며시 나와보니

한칸짜리 방 유리창 깨진 창문 안에
기울어진 두 사람 마주앉아 있다

아이가 없었으니 다행이라고 하랴
저기 멀리 다시 하루의 해가 떠오르고
시원한 새벽바람이 부니
다행이라고 하랴

돈

처 아버님은 빨치산이었다
3년을 산에서, 그리고 3년을
감옥에서 보내고 나왔다
평생 보안관찰로 고향에서도 살 수 없었고
수박등 장사 우산살 장사
안해본 것 없다고 했다

결혼하겠다고 찾아뵌 첫날
노동자고 월세방에 살며
더더욱 생활을 돌이켜 반성할 마음이 없다 하자
노기 띤 음성으로
음, 돈이 있어야 하네 돈이, 하셨다
그때 정말 돈이 한푼도 없었다

하지만 그날 이후로 단 한번도
내게 돈 이야기 하시지 않았다
자신도 죽을 때까지 방 한칸 없어
셋째딸네 집에서 여섯 달 누웠다 가셨다

가끔 욕창이 난 등 긁어주고
손 다리 주물러드리면 마냥 행복해하셨다

벽제 용미리 공동묘지에
봉분 없이 깨끗이 묻히셨다
십수년이 흘러 나는 아직도 생활을 반성하지 않고
전문 시위꾼으로 집회현장을 쫓아다니지만
가끔 그의 어조로 아내에게 조심스레 말하곤 한다
조금은 돈이 있으면 좋겠다고
이젠 장인어른과 화해할 수 있을 것 같다

겨울, 안양유원지의 오후

놀이터에서 노는 아이를 지켜보다
근처 손두부집 장독대 울타리 공사장을 기웃거린다
손이 부족한 중늙은이 둘이 쩔쩔매며
철제 울을 짓고 있다. 살아온 날들처럼
수직도 수평도 기울었다. 배운 거라곤
손이 하나 필요할 때 손 하나를 보태는 일
쭈뼛쭈뼛 다가가 도와주니 싫지 않은 내색이다

착한 손들, 손들이 함께 일할 때
그곳에 마음이 손수건처럼, 담배 한 개비처럼,
빵 한조각, 젓가락 한 짝처럼
따라다닌다. 옆 노인이 어디서 왔느냐고 묻는다
구로동에서 왔다고 하니 한참 뒤에
몇동에 사느냐고 묻는다. 3동이라 하니
그럼 114번 종점 있는 데냐고 묻는다
그렇다 하니 자신도 한때 그곳에 살았다 한다

구로3동은 마누라 없이는 살아도

장화 없이는 못 사는 곳이었다고, 비 오는 날이면
구종점 마루에 장화를 든 아낙과 아이들이 줄줄이 서서
공단에서 돌아오는 아비들을 기다렸다고 한다
지금은 삼성래미안 아파트가 서 있지만
얼마 전까지도 닭장집이 있던 곳
사는 곳 어디냐 하면 에둘러 말해야 했던 곳

너트에 맞는 스패너를 못 챙겨왔나보다
세 번 끼워 돌리면 두 번은 헛돈다. 그렇게
우리도 수천번씩 헛돌며 살아왔을 것이다.
설비일은 전문이지만 철제 울 짜는 제관일은
처음 해본 일이라 서툴다 한다
설비일 마지막은 아파트 지하 기계실 일인데
벌이가 안돼 쉬는 날이면 날일을 나온다 한다

한참을 맞춰봐도 수직 수평이 잘 맞지 않는다
조금은 기울고 찌그러진 것들을
넉넉히 받아들일 수 있을 때까지

얼마나 많은 세월이 흘러야 했을까
모자란 대로 장독들이 깊은 잠자기에는 그만
사람도 그만한 공간 없기가 일쑤인데
식당에서 나오는 음식물 쓰레기도 재활용할 겸
닭들도 놓아기르면 좋겠다는 생각

그간 혼자 흙놀이 하고 놀던 아이가
아빠 그만 가자 한다
관호야, 멋지지 않니 물으니 뭐 하는 곳이야 한다
응, 장독대 놓아둘 곳이야 하며
아빠 손도 거기 들어가 있음을 자랑한다
아이 과자값이라도 주겠다는 인사를 마다하고
돌아서 온다

기울어진 쪽에 받쳐준
오비끼나 투비끼* 하나처럼
저 고목나무 부러진 가지를 받치고 선
녹슨 철 써포트 하나처럼

어딘가 손 하나가 필요한 곳에
내 손 하나가 있었다면
그것으로 그만, 무엇을 기억할 일도
남길 일도 없다. 아침만이 있을 거라고
나는 이제 믿지 않는다

* 너비에 따라 다르게 부르는 목재 종류.

어떤 약

철골일 할 땐 약으로 가끔
함바에 가 돼지고기를 먹었다

소금장 된장 마늘도 듬뿍
상추 깻잎 쑥갓 파무침도 듬뿍
고추도 듬뿍 김치도 듬뿍
밥도 한 숟갈 고봉으로 얹어
입이 찢어지도록 넣어먹었다
제발 이 고단백이 자잘하게 퍼져
질긴 힘줄로 가기를
억센 피톨로 가기를
목 안에서 단내 나지 않는 평온한 아침으로 가기를
골병의 저녁을 지나 깨어나는 새벽으로 가기를 바라며
골고루 씹었다
나중엔 아구지가 아파 더 못 먹었다

지금도 나는 돼지고기를
우적우적 씹어먹는다

똥똥한 아랫배가 무겁고
고단백이 버거워
제발 더이상 소화되지 않고
똥으로나 얼른 가기를 바라며
까닭 없이 고기를 사주는 이와
까닭 없이 마주앉아 있다

생태학습

십수년, 주말농장 하나 없이
아이에게 모진 생태교육만 시켰다

광화문에서 시청 앞에서
전경들이 파도처럼 쫓아오면
바다게들마냥 아무 구멍으로나
얼른 들어가야 한다는 학습

비정규노동자들이 올라간 고공농성장에서
가난한 노동자들은 언제든지, 새들처럼
하늘로 올라가 둥지도 틀 줄 알아야 한다는,
원숭이처럼 어디에라도 매달릴 줄 알아야 한다는 학습

대추리에서 용산에서
못난이들의 집은 언제나
개미집처럼 쉽게 헐릴 수 있다는 학습
쫓겨나지 않고 버티면 죽을 수도 있다는 학습

그래도 잡은 손만은 꼭 놓지 말고
가야 한다는 학습 그렇게 밟히고도
엉겅퀴처럼 다시 일어나 싸우는
질긴 목숨들도 있다는

제3부

나의 모든 시는 산재시다
세계 산재노동자 추모의 날을 맞아

산재추방의 날에 읽을
시 한 편 써달라는 얘길 듣고
멍하니 모니터만 보고 앉아 있다
또 뭐라고 써야 하지
무슨 말을 할 수 있지

잘린 손가락과 발들을 위로하면 될까
　강압으로 목과 허리에서 탈출한 디스크 추간판들을 위
로하면 될까
　모든 부러진 뼈, 찢어진 눈, 터진 머리, 이완된 근육
　닳아진 무릎, 손상된 폐를 위무하면 될까
　압사, 추락사, 감전사, 질식사, 쇼크사, 심근경색, 유기용
제 중독으로
　하루에 여덟 명씩 일수 붓듯 착실하게 죽어간다는
　모든 산재 열사들을 추모하면 될까

식당아줌마, 중국집배달부, 퀵써비스, 가사노동
모든 비공식부문 노동자들에게도

180만 특수고용 노동자들에게도
영세농민에 불과한 농업 노동자들에게도
산업폐기물이 된 노령인들에게도
산재보험을 적용해달라고 간구하면 될까
산재 민간감시원을, 산재요양 기간과 적용 범위를 좀더
늘려달라고
산재 주무기관을 좀더 민주화시켜달라고 청원하면 될까

산재추방의 날에 읽을 시 한 편을 써달라는 얘길 듣고
멍하니 모니터만 보고 앉아 있다
사무직 노동자들은 산재가 없을까
써비스직 노동자들은 산재가 없을까
전문직 종사자들은 산재가 없을까
내 아내에게는 내 아이에게는 산재가 없을까
사랑하는 사이에는 산재가 없을까
신체가 늘어지거나 부러지거나 잘리는 것만이 산재일까
비정규직으로, 실업으로 쫓겨나는 것은 산재 아닐까
쪼들리는 삶으로부터 오는 모든 정신의 훼손과 관계의

파탄은 산재가 아닐까

나의 모든 시도 실상은 산재시다
내가 외로움을 이야기할 때 그것은
모든 형태의 산재로부터 자유롭지 못한
이 세계에 대한 항의다
내가 자연을 그리워할 때 그것은
모든 조화로움으로부터 쫓겨난
근본적인 산재에 대한 항변이다

보라, 저 거리에 나온 모든 상품들도
불구의 몸으로 산재를 앓고 있다
보라, 저 거리에 선 모든 나무들도
팔다리 잘리며 산재를 앓고 있다
보라, 저 들녘 강물의 모든 실핏줄들도
검은 가래에 막혀 산재를 앓고 있다
보라, 저 하늘 위에서 내리는 모든 눈도 비도
산재에 물들어 있고, 보라

저 하늘의 오존층도 우리의 폐처럼
숭숭 구멍 뚫리고 있다

이 모든 산재를 보상하라고
우리는 말해야 한다
이 모든 산재를 지속가능한 상태로 되돌리라고
우리는 요구해야 한다 누구에게? 저 자본에게
우리의 잘린 손가락과 발가락을 모아
닳아진 무릎뼈와 폐혈관과 혼미해진 정신을 모아
배부른 저 자본에게 우리는 요구해야 한다
이윤이 중심이 아니라
건강과 안전과 평화와 연대가 중심이 되어야 한다고
가장 악독한 산재, 이 눈먼 자본주의를 추방해야 한다고
모든 스트레스의 근원인 착취와 소외의 세계화를 막아
야 한다고
모든 사랑스런 관계들을 파탄으로 내모는
이 불안정한 세계를 근절해야 한다고

산재추방의 날에 읽을 시 한 편 써달라는 얘길 듣고
멍하니 모니터만 바라보고 있다
자본주의를 추방하지 않고
산업재해 없는 세상이 올 수 있을까
생각하면 이렇게 간단한데 그것이 왜 이다지도 어려울까
나와 우리가 진정으로 겪고 있는
가장 엄중한 산재는 이것이 아닐까
더이상 희망을 말하지 못하는
다른 세계를 꿈꾸지 못하는
이 가난한 마음들, 병든 마음들

안녕

건설일용노동자 하중근 열사 영전에

안녕
이젠 모두 안녕
하청도 재하청도
일용공 노가다 잔업 철야 대마치
반지하 월세방 때 전 이불 바퀴벌레 생쥐들
야 이 개새끼들아
까닭모를 아픔도 슬픔도
새벽밥 눈칫밥 기름밥
새참의 빵도 우유도 라면도

안녕
불우했던 어린 시절
살아, 서로가 서로에게
피눈물 진흙탕 갈퀴가 되고 송곳이 되던 가족들
2년 만에 날 버리고 떠난 조선족 여인도

안녕
한번도 느껴보지 못한 행복

한번도 느껴보지 못한 삶의 여유
한번도 발음해보지 못했던
이 세상의 모든 좋은 말들
글을 몰라 쓰지 못한 수많은 편지들
그 여름의 파도소리, 가을의 낙엽, 겨울 눈송이
가끔은 낭만에 젖던 마흔일곱 늙어버린 청춘도

그날의 끔찍했던 기억도 안녕
뒷머리를 찍던 방패날
갈비뼈 으스러뜨리던 군홧발
척척 삭신을 감던 곤봉맛
퍽, 뇌가 깨지던 소리
짐승 같던 너희들 목소리, 그 눈빛들도
이젠 모두 안녕

이제 나 다시 착취받지 않으리니
이제 나 다시 차별받지 않으리니
포스코의 종이 아닌, 제관공 하씨가 아닌

새로운 세계를 주조하는 화엄 용광로가 되리니
착취받는 용접불꽃이 아닌
저 하늘의 영롱한 별빛이 되리니

벗들이여!
인간해방 그날까지
그립던 날들아 사랑했던 사람들아 다 못한 이야기들아
굴하지 말고 지지 말고
투쟁! 투쟁! 투쟁!
이젠 모두 안녕, 안녕

※ 2006년 7월, 포항에서 건설일용노동자들이 30여년 만에 처음
으로 포스코 본사를 점거했다. 그들의 요구는 일주일에 한 번은
유급휴가를 쓰게 해달라는, 작업복을 갈아입을 공간을 달라는
소박한 것들이었다. 하중근 씨는 동료 노동자들의 요구를 들어
달라는 해결촉구 집회에 갔다가 진압 경찰들에게 맞아 뒷머리가
열렸다. 국가인권위원회도 공권력 타살을 인정했지만, 아직까지
의문사로 남아 있다. 이 시와 또 한 편의 추도시 「새로운 세계를
건설하라」가 현장에서 폭력시위를 선동했다는 혐의로 네 차례
에 걸쳐 출두요구서를 받았지만 나는 가지 않았다.

75

비시적인 삶들을 위한 편파적인 노래

붕어빵아저씨 고(故) 이근재 선생님 영전에

어떤 그럴듯한 표현으로 그려줄까
13년 동안 밀가루값 가스값 빼면
100원 벌었고 200원 벌었고 300원 벌었고를 헤아리며
변함없이 붕어빵만 구웠을 당신의 무미건조한 삶을
당신 옆에서 또 그렇게 순대를 썰고 떡볶이를 팔던
당신의 아내를

어떤 그럴듯한 은유로 보여줄까
2007년 10월 11일 오후 2시 일산 주엽역 태영프라자 앞
트럭을 타고 갑자기 들이닥친 300여명의 용역깡패들과
구청직원들에게
붕어틀이 부서지고 가판이 조각나고
조각난 리어카라도 지키려다
부부가 길바닥에서 얻어터지며 울부짖던 날을

어떤 아름다운 수사로 그 밤을 형상화해줄까
잘난 것 없는 죄, 못 배운 죄 억울해
붕어빵 순대 떡볶이 팔아 대학 보낸

자식들 마음 아플까봐 몰래 숨죽여 울며
무엇을 잘못했는지도 모른 채
여보, 미안해 여보, 미안해
부르튼 아내 손 꼭 잡은 채 잠들지 못했다는 그 밤을

어떤 상징으로 그 아침을 새겨줄까
뜬눈으로 새웠을 새벽 4시 30분
일용일이라도 나갔다 오겠다고 나간 아침
일은 잡지 못하고 낙엽처럼 떠돌다
길거리 나무에 목을 매단 당신

당신의 죽음 앞에서
어떤 아름다운 시로 이 세상을 노래해줄까
어떤 그럴듯한 비유와 분석으로
이 세상의 구체적인 불의를
은유적으로 상징적으로
구조적으로 덮어줄까

500여 노점상들을 거리에서조차 몰아내기 위해
31억원의 예산을 배정했다는 고양시청
30명도 채 되지 않는 양민들의 생존권을 빼앗기 위해
150명의 폭력배를 고용한 일산구청
저항하면 공무수행 위반으로 구속하겠다는 경찰
폭력배를 고용한 관공서를 경찰이 보호하며
서민을 향한 사제 폭력이 공무로 수행되는 나라

이런 민주주의가 판치는 세상을
어떻게 그럴듯하게 문학적으로 미학적으로 그려줄까
바람에 지는 풀잎*으로 읊어줄까
국화꽃 같은 누이로 그려줄까
어떤 존엄한 시어를 찾아줄까
그러면 나의 시도 어느 연인들에게 사랑받을 수 있을까
그러면 나의 시도 평론가들로부터 상찬받을 수 있을까
그 애매함으로, 그 모호함으로, 그 규정되지 않음으로
그 깊은 서정성으로, 그 새로운 해석과 역사성으로
어떤 문학사의 말석에나마 기록될 수 있을까

그러나 나는, 이 더러운 세상
이 엿 같은 세상이라고 표현하지 않고
저들이 당신들의 생존권과 터전을
가진 자들을 위한 법으로 들어엎듯
당신들 또한 이 더럽고 추악한 세상을
없는 자들의 새 법으로 엎어버려야 한다고 말하지 않고
무슨 시를 쓸까

여보, 미안해
여보, 미안해
붕어빵틀을 잃어버려 미안해
당신의 순대를
당신의 떡볶이를
당신의 도마를 지켜주지 못해 미안해

아, 게르니카의 학살도 이보다 잔인하진 않았으리*
이렇게 일상적이지는 않았으리

이렇게 보편적이지는 않았으리
이렇게 평범하지는 않았으리

* 김남주 선생의 시 구절을 빌려옴.
※ 2006년 겨울 어느 늦은 밤, 인터넷 매체에서 그의 소식을 봤
다. 추모의 말을 남기려고 이 시를 써서 몇군데 인터넷 언론에
투고해두곤 새벽녘 잠들었다. 다음날 일어나보니 이 시를 읽은
네티즌들이 고양시청 홈페이지를 다운시켜버렸다. 기운을 얻은
전국의 노점상들이 고양시청 입구를 불태워버렸다. 그 일로 오
랜 벗인 전국빈민연합 최인기 사무처장이 책임을 지고 여섯번째
감옥살이를 해야 했다. 싸움을 이기고 추도식을 지내고 있다고,
자신은 다시 구속될 것 같다고 그가 전화를 해왔을 때, 눈물이
주루룩 흘렀다.

너희는 고립되었다
기륭전자 비정규직 여성노동자 투쟁에 부쳐

가난한 인력시장에서
불법으로 언제든 살 수 있는
64만원짜리 싼 기계들이 있었다
1년만 쓰다 새것으로 교체할 수 있는 기계들
그 기계들도 엉덩이를 가지고 있었고
발개지는 볼을 가지고 있었다

하루 여덟 시간 서 있기만 해도
돈을 벌어주는 희한한 기계들이었다
임대사용료가 터무니없이 싸고
사용 후 재처리 비용도 필요없었다
너희는 이 희한한 임대업에 맛 들여
일상 라인에는 파견직을 못 쓰게 되어 있음에도
무려 200여대의 기계를 불법으로 빼곡히 들여놓았다
사장의 입이 기쁨에 찢어질 때,
기계들의 손발은 부르텄고 가랑이는 찢어졌다

도저히 참지 못해, 그들이

싸디싼 비정규기계가 아닌
하자 없는 정규사람임을 외쳤을 때
너희는 본보기로 수십대의 기계를 대책 없이 내다버렸다
불법으로 쫓겨날 수 없다고
일손을 멈추고 공장을 점거하자
너희는 용역깡패들을 채용했다
무섭지 않으냐고, 겁나지 않느냐고
허리를 부숴놓겠다고 위협했다

그것이 빛 때문일까 싶어 전기를 끊었고
수도를 끊었고, 밥 주던 것을 끊었다
숨소리 하나라도 새나갈까
철문 사이사이를 틈 하나 없이 꽁꽁 메웠다
혹 그것이 꿈 때문일까 싶어
그들의 미래에 22억원에 달하는 가압류 딱지를 붙였고
그것이 혹 총명한 지도부 몇 때문인가 싶어
경찰의 도움을 받아 체포영장을 발부했다
수억짜리 감시카메라를 설치해

일거수일투족을 관찰했지만
너희는 무엇도 찾을 수 없었다
급기야 겁에 질린 너희들은
그들에게 공장 일부의 소유권을 넘겨주겠다고 했다
제발 너희들을 놓아달라고
사정했다 애원했다

그래도 그들은 주저하지 않았다
한 사람 한 사람 각성의 불꽃은 점점 커져
함께 모여 있으면 그들은
봉홧불처럼 거대하게 보였다
그들의 눈은 어둠속에서도
진주처럼 여물어갔고
캄캄한 공장 안에 갇혀서도
희망의 소리와 해방의 빛을 보았다
그것은 전선을 타고 오지도
녹슨 상수도관을 타고 오지도 않았다
그것은 오직 그들 마음속

한 점 각성의 빛으로 타올랐다

너희들은 아직도
무엇이 우리를 단결케 하는지
투쟁하게 하는지 알지 못한다
그들은 전사
이윤밖에 모르는 너희의 부패한 머리에
새로운 삶의 가치관을 심는 희망의 전령들
거짓 민주주의의 역사를
거리에서 새로 쓰는 역사의 새 페이지들
닳아진 사랑과 연대의 다른 이름

※ 기륭전자 파견직 여성비정규직 싸움이 12월 31일 현재 1590일을 넘어섰다. 2005년 5월, 당시 월급여가 법정최저임금보다 10원 많은 641,450원이었다. 출산휴가를 주지 않기 위해 미혼은 3개월, 신혼은 6개월짜리 계약이었다. 비슷한 일을 하고도 정규직 상여금은 600%였지만, 파견직은 0%였다. 문자로 보내온 해고 사유는 '근무 중 잡담' '조퇴'였다. 2008년엔 투쟁 1000일 전에 공장으로 돌아가고 싶다고 세 번에 걸친 고공농성과 두 번에 걸친 국회의사당 내 한나라당 원내대표실 점거, 96일에 이르는 집단 무기한 단식 등을 진행했지만 해결되지 않았다. 사측은 정부와 경총의 눈치가 보여 자기들도 맘대로 정리해줄 수 없다고 했다. 이런 비정규직 노동자들이 구로공단 내 90% 이상이고, 우리 사회 전체로는 860만여명에 이른다.

꿈의 공장을 찾아서
콜트·콜텍 기타 만드는 노동자들을 위한 연대의 노래

경인고속도로를 타고 가다
인천으로 빠지는 길가
섬처럼 버려진 조그마한 악기공장이 있다 콜트악기다
전자기타를 만들었다

경부고속도로를 타고 가다
대전 지나 계룡IC로 빠지면
또 문 닫힌 공장 하나가 있다 콜텍악기다
통기타를 만들었다

그곳에서 30년 동안
사람들 몰래 세상을 튜닝하며
아름다운 선율을 만들던 이들이 있다
세계 기타의 삼분의 일을 생산했다
하나같이 시골 장터 옹기처럼 수더분한 사람들
짝눈이도 있고 3급 장애인도 있다

그들은 자신의 지문을

기타 몸체처럼 잔금 하나 없이 반질반질하게 만들었다
창문 하나 없던 공장에서 유기용제를 다루며
자신의 폐를 기타통 속처럼 숭숭 구멍 내
작은 호흡에도 울리게 했다

사장은 그런 노동자들의
지문과 기침과 땀과 눈물을 화폐로 바꿔
1000억대의 자산가가 되었다 더 값싼 기계들을 찾아
공장을 인도네시아와 중국으로 빼돌렸다
화폐의 가치만이 신기루처럼 쌓여가는 세상에서
1000일째 갈 곳 잃은 사람들

지금은 문 닫힌 공장
그러나 한때 이곳은 세상의 모든 아름다운 노래를 낳던
희망의 공장이었다 세상의 모든 혼돈을
가지런히 조율하던 사랑과 연민의 공장
세상의 모든 가녀린 목소리들을 하나로 묶던
연대의 공장이었다

노래가 노래를 배반하지 않아도 되는 세상을 위해
삶이 삶을 배반하지 않아도 되는 세상을 위해
이 공장을 살려내라
이 공장은 우리 모두의
꿈의 공장

※ 2007년 겨울, 처음으로 그들을 만났다. 그들은 위장폐업한 공장을 지키며 생계를 위한 수세미 뜨개질로 겨울을 나고 있었다. 일할 때도 십수년 근속자 월급이 법정최저임금 정도였다. 2008년 8월 다시 그들을 만났다. 그들의 지문이 사라진 세상에서 어떤 노래가 우리 모두의 노래일까. 몇명의 문화예술인들이 모여 그들과 함께하기 시작했다. 새벽 본사 점거를 들어갔다 경찰특공대에 끌려나오는 그들과 함께 눈물짓곤 했다. 매달 마지막 주 수요일, 지금도 우리는 홍대 앞 '클럽 빵'에서 그들과 함께, 그들만을 위한 콘써트를 연다.

멕시코, 깐꾼에서

이경해 열사를 추모하며

깐꾼에서 우리는 보았다
철책과 바리케이드와 함대로 무장한 세계화를
옥빛 카리브해가 보이는 전망 좋은 회의장에서 결정되는
전세계 민중들의 빈곤한 내일을

깐꾼에서 우리는 보았다
땡볕이 내리쬐는 운동장에서 노숙하는 전세계 피압박
인민들을
전세계에서 달려와 하나되어 춤추는 오색의 무리들을
한목소리로 '다운다운 WTO' '노 알라 오에메쎄'
'싸빠따 비베'를 외치는 저항의 세계화
눈물의 세계화를

그리고 그곳에서 우리는 보았다
철책을 오르는 사람들을
그 속에서 한 사람이 떨어지는 것을
떨어져 죽어가는 것을 당신의 죽음이
뒤흔들어놓은 세계를

당신이 찌른 30cm짜리 칼끝 하나도 못 버텨
휘청이던 야만의 세계화를

우리는 보았다 깐꾼에서
우리를 보호하기 위해 밤 열두시 달려온 청년들을
고개 숙이며 흐느끼는 사람들을
물통을 던져두고 가는 사람들을
밥을 지어오는 사람들을
시도 때도 없는 스콜 속에서 온몸으로 촛불을 감싸안던
사람들을
얼굴을 가리고 무기가 될 수 있는 모든 것들을 들고
바리케이드를 향해 행진하는 사람들을

보았다 깐꾼에서 우리는
또다른 세계는 가능함을
우리의 세계는 상품이 아님을
바람과 공기와 물과 농업과 전기와 교육과 의료와
철도와 체신과 문화는 그 누구의 것도 아닌

우리 모두의 것임을

※ 2004년 9월 WTO 세계 각료회담 저지를 위한 한국투쟁단의 일원으로 멕시코까지 갔다. GATT체제와 우루과이라운드를 거쳐 전세계 자본은 새로운 무역협정을 통해 국경 없는 시장을 창출하고자 했다. 주로 식량과 공공부문의 시장개방, 투기금융자본의 자유로운 해외이동 보장 등이 의제였다. 국제농민행동이 열리던 9월 10일, 한국 농민 이경해 씨가 협상장으로 가는 길을 막은 바리케이드 위에 올라 자결했다. 온 세계가 일순 출렁였다. WTO 각료회담은 무산되었고, 이후 세계 자본은 다국간 일괄협상 전략을 바꿔 일국간 자유무역협정인 FTA체제로 돌아섰다. 그리고 2007년 한미FTA 체결 반대투쟁 당시 또 한 사람이 분신했다. 가난한 택시운전사였던 허세욱 열사였다. 나는 다시 그의 추도시를 써야 했다.

별나라로 가신 택시운전사께

아저씨 잘 가세요. 가서는 죽어도 굴레의 페달 같은 것은
밟지 마세요. 별과 바람과 눈물과 땅과 나무와 풀과 같은
벗들하고만 사세요. 푸르름을 따라오지 못하는 이념 같은 것은
거들떠보지 마세요. 세상을 변혁하지도 못하는 운동가들과도
어울리지 마세요. ─고(故) 허세욱 열사 영전에

인간의 대지에
또 하나의 별이 떨어졌다
큰 별도 영광된 별도 아니다
아주 작고 평범한 별이다
못 배운 별
살아평생 곁방살이 셋방살이였던 가난한 별
십수년 택시 페달을 밟으며
자본의 굴레 속에서 늙어만 가던 초라한 노동자의 별
너무도 평범해 집회에 나와도
잘 보이지 않던 초췌한 별

하지만 우리는 안다
그 작은 별들이 모여
세상의 씨앗이 되고 밀알이 되고 노래가 되고
하나의 기계가 완성되고

하나의 가정이 이루어지고
별무리 진 아름다운 저녁이 된다는 것을
진실을 향해 쏘아진 하나의 빛나는 화살촉이 되고
불의에 저항하는 총탄이 되고 포탄이 되고
저 멀리 그리운 마을 불빛이 되고
내 앞의 눈물방울이 되고
영롱한 촛불이 된다는 것을

우리는 안다
이 별들을 사살한 자들이 누구인가를 안다
그들은 역사 이래로 수많은 별들을
짓밟고 능욕하고 파묻고 철창에 가두었다
항거할 힘이 없는
어린 별도 병든 별도 가리지 않았다
어떤 때는 부드럽게 너희는 별들의
삶을 목숨을 빼앗아갔다

물론, 우리는 안다 허세욱

당신을 죽인 것은 저들뿐만이 아니다
우리도 당신을 죽였다
진정한 민중의 시간이 도래했음을 알면서도
무능한 우리의 운동이 당신을 죽였고
한 사람이 거리에서 피워올린 작은 불꽃을
수만 개 수십만 개 수백만 개
분노의 불꽃으로 만들지 못한
우리의 가난함이 당신을 죽였다

가장 작은 별이, 가장 낮은 별들이
가장 천대받던 별들이 이끌어온
희생의 역사, 사랑의 역사
변혁의 역사를, 당신이
다시 우리에게 가르쳐주었다
외로운 불꽃으로, 가난한 불꽃으로
속이 꺼멓게 타들어가는 마지막 절규로
이 땅은 갈아엎어져야 하는 죽음의 땅임을
우리에게 다시 가르쳐주었다

그 길로 먼저 가신

허세욱 동지여, 잘 가시라

허세욱 아저씨, 잘 가시라

걱정 마시고 잘 가시라

지상의 찌든 때 모두 벗고

오욕도 미움도 증오도 모두 벗고

별나라로 가는 택시요금은 얼마인지

물어보시며, 가난과 고난 속에서도

때때론 기쁘고 행복했던 우리들의 시간을 기억하며

꽃도 무덤도 십자가도 없이

통일로 자주로, 평화로 평등으로

그대 잘 가시라

이 냉동고를 열어라

불에 그슬린 그대로
150일째 다섯 구의 시신이
얼어붙은 순천향병원 냉동고에 갇혀 있다

까닭도 알 수 없다
죽인 자도 알 수 없다
새벽나절이었다
그들은 사람이었지만 토끼처럼 몰이를 당했다
그들은 사람이었지만 쓰레기처럼 태워졌다
그들은 양민이었지만 적군처럼 살해당했다

평지에선 살 곳이 없어 망루를 짓고 올랐다
35년째 세를 얻어 식당을 하던 일흔둘 할아버지가
25년, 30년 뒷골목에서 포장마차를 하던 할머니가
책대여점을 하던 마흔의 어미가
24시간 편의점을 하던 아내가
반찬가게, 커피가게를 하던 고운 손이
우리의 처지가 이렇게 절박하다고

호소의 망루를 지었다

돌아온 것은 대답 없는 메아리였고
너무나도 신속한 용역과 경찰의 합동작전이었다
여섯 명이 죽고 십여 명이 다치고
또 십수명이 구속되었다
이웃이 이웃을 죽였고
아들이 아버지를 죽였다는 것이었다

그렇게 여섯 명이 죽고도
이 사회는 아무런 일도 일어나지 않았다
소수의 시민들이 차벽과 연행에 맞서
추운 겨울부터 더운 초여름까지
어두운 거리에서 쫓기며 항의했지만 역부족이었다
그들 역시 수배되거나, 체포되거나, 소환당했다
용산참사를 말하는 것 자체가 금지되었다
용산참사를 추모하는 것조차 금지당했다

하루 이틀 날짜가 쌓여 다섯 달이 되었다
하, 유가족들의 피눈물이 다섯 달이 되었다
하, 죽어서도 무슨 죄를 그리 지어
저 하늘로 돌아가지 못한 날이 다섯 달이 되었다
그런데 민주주의 사회라고 한다
민주주의가 용산에서 아직도 까맣게 타들어가고 있는데
열린 사회라고 한다 억울한 죽음들이
다섯 달째 차가운 냉동고에 감금당해 있는데
살 만한 사회라고 한다

150일째 우리 모두의 양심이
차가운 냉동고에 억류당해 있다
150일째 이 사회의 민주주의가
차가운 냉동고에 처박혀 있다
150일째 이 사회의 역사가
차가운 냉동고에 얼어붙어 있다
이 냉동고를 열어라
이 냉동고에 우리의 용기가 갇혀 있다

이 냉동고를 열어라
이 냉동고에 우리의 권리가 묶여 있다
이 냉동고를 열어라
이 냉동고에 우리의 미래가 갇혀 있다
이 냉동고를 열어라
이 냉동고에 우리 모두의 소망인
평등과 평화와 사랑의 염원이 주리 틀려 있다

거기 너와 내가 갇혀 있다
너와 나의 사랑이 갇혀 있다
제발 이 냉동고를 열어라
우리의 참담한 오늘을
우리의 꽉 막힌 내일을
얼어붙은 이 시대를
열어라 이 냉동고를

너는 누구에게 물어보았니
MB에게 묻는다

너는 물어보았니
그 강변 땅 위의 별인 조약돌들에게
골재가 되고 싶으냐라고 물어보았니
달빛 고운 여울목에서 맑은 돌눈이 되어
누군가를 기다리며 살고 싶니, 아니면
흙탕물 속에 수장된 병든 자갈눈이 되고 싶니라고
강변에서 볕에 마르는 탄탄한 몸이 되고 싶은지
물이끼 촉촉이 서린 서늘한 몸이 되고 싶은지

너는 물어보았니
그 강물 속 물고기들에게
버들치에게 꺾쇠에게 피리에게 물어보았니
흐르는 물살을 따라 어디까지 가고 싶은 여행이었는지
물어보았니 우웅우웅 하루에도 몇번씩 스크루 갈퀴가
캐터필러처럼 불도저처럼 삽날처럼 강바닥을 헤집는
탁류 속에 살고 싶은지, 상수원 맑은 물속
조용한 빛화살촉들로 살고 싶은지 물어보았니
갑문 앞에서 줄지어 섰다 우르르 내쫓겨

다시는 돌아오지 못할 난민들의 피난행렬이 되고 싶은지

너는 물어보았니
그 실개천들에게 계곡물들에게 물어보았니
당신은 어떤 길을 따라 돌돌돌 흐르고 싶은 영혼이냐고
당신은 어떤 여울목에서 소용돌이로 엎어져 뒹굴며
쿨렁쿨렁 쏟아져 울고 싶은 영혼이냐고
콘크리트 수조 속에 갇혀 썩어가는 물이 되고 싶은지
세상의 모든 정체와 지체를 밀고 흐르는
거센 급류가 되고 싶은지 물어보았니
실버들 선 돌방죽 길을 따라 흐르며 무슨 생각을 했는지
갈대숲 늪지를 따라 어떤 영혼의 정화를 꿈꾸었는지

물어보았니, 너는
그 땅들에게 그 땅의 흙눈들에게 물어보았니
그 땅에 살고 있는 지렁이 한 마리
어린 풀포기 하나, 감자 한 톨, 벼 한 포기에게
당신들의 가슴을 찢고 가르고 짓밟고

강제로 물고문까지 시켜도 좋겠느냐고 물어보았니

누군가의 직선을 위해 당신의 둥그런 가슴을 파헤쳐도 좋겠느냐고

콘크리트로 꽁꽁 숨 쉴 구멍을 막아도 좋겠느냐고

사지를 절단 내 지하에 파묻어도 좋겠느냐고

물어보았니, 너는

그에게 물어보았니

그 강물에 펑펑 사랑의 눈물을 보탠 연인들에게

그 강줄기 어느 한 끝에서 굽이 많은 삶의 이치를 집어 들던 모든 생활 속 철학도들에게

그 강물에 또 하루치의 땀과 정성을 씻고 집으로 돌아가던 농부들에게

그 강변 모래톱에서 모래알보다 작아지던 이에게

그 강물에 작은 무 같은 종아리를 담그며

물 수(水) 나무 목(木) 쇠 금(金) 흙 토(土)를 배워가던 아이들에게

그 강변에 회한을 묻던 가난한 인생의 노년들에게

그 모든 벙벙한 가치는 얼마의 가치인지

너는 누구에게 물어보았니
삼성, 엘지, 대우, 현대건설에게 물어보았니
다국적 물 기업, 땅값에 눈먼 지주들
정권에 빌붙은 기생충 거머리들에게 물어보았니
얼마가 네 손에, 너희들 손에 쥐여질 수 있는지
저 골방의 통계학자에게 물어보았니
얼마의 표가 네 손에, 너희들 손에 쥐여질 수 있는지
저 썩은 정치공학도들에게, 다른 무엇이 문제가 아니라
제 자신이 문제의 본질인 문제투성이 사회학자들에게

너는 도대체 누구에게 물어보았니
저 영원한 생명의 강을
수많은 파문과 피눈물을 삼키고도
좌절하지 않고 흐르는 이 역사의 강을
무수한 발원들의 교차이며 합인 기억의 강을
늘 새로운 생명이며 문화인 이 강을

나란히 줄 세우겠다는 그 저급한 꿈을
관광상품 하나 만들어보겠다는 그 치졸한 상상을
저 평등한 바다로 나가면 어차피 만나게 될 강물들을
이렇게 빨리 격랑으로 만나게 해주겠다고
고작 화물선 몇척 물류비 계산이나 하고 있는 그 천박한
머리로
도대체 누구에게 물어보았니

그렇게 무너뜨리고 싶으면
노동자 농민 서민 도시빈민 실업자 비정규직들의 아픔
위에 도도히 선
저 흉악한 자본의 탐욕이나 무너뜨리렴
그렇게 뚫고 싶은 게 많으면
반백년 원한으로 막아선 저 분단의 철벽이나 뚫어주렴
그렇게 성장하고 싶으면 이제 그만 미국의 품에서 뚜벅
뚜벅 걸어나오렴
신자유주의 착취와 소외, 폭력의 세계화 대열에서 벗어나
씩씩하게 독립해보지 않으련

더 많은 평화를 흐르게 하는 역사의 대운하라면

더 많은 평등을 실어나르는 사랑과 인내와 연대의 대운하라면

그 누가 말리겠니

그 누구든 작은 손이나마

뜰 삽으로 내밀지 않겠니

촛불 연대기

미선이 효순이 때
처음 촛불을 들었다 화염병도 죽창도 아닌
연약한 촛불로 무엇을 이룰 수 있을지
착하기만 한 사람들이 싫었다

촛불의 열기를 모아 권력이 된 노무현은
부안 핵폐기장 건설을 위해 2만이 사는 부안에
2만 5천의 공권력을 투입했다
미제국의 더러운 석유전쟁에
군대 파병을 결정했다 부안에서 여의도에서
다시 흔들리는 촛불들을 보아야 했다

이듬해엔 WTO 각료회담 저지를 위한
한국투쟁단의 일원으로, 한 손엔 핵과
한 손엔 자유무역협정을 들고
전세계 인민의 목을 조르는 무장한 세계화를 막겠다고
태평양 건너 멕시코 깐꾼까지 원정투쟁을 갔다
그곳에서 '다운 다운 WTO'를 외치며 이경해 열사가 자

신의 심장에 칼을 박았다

　전세계 인민의 가슴들이 부르르 떨렸다
　어떤 이는 회담이 열리는 컨벤션쎈터로 돌격했고
　나는 커터기로 철책을 끊다 곤봉에 맞아 쓰러지기도 했다
　그곳에서도 저녁이면 촛불을 켰다
　시시때때로 쏟아붓는 열대성 폭우 속에서
　촛불 하나를 지키기 위해 두꺼비처럼 몸을 말았다
　총구를 들이댄다 해도 꺼트릴 수 없는 증오의 촛불

　가장 긴 촛불은 평택 대추리 촛불이었다
　우리는 그곳에서 800일 동안 촛불을 켰다
　한반도는 동북아 전쟁기지가 아니라고
　아름다운 사람들의 공동체를
　다국적 전쟁기계들에게 내어줄 순 없다고
　포클레인에 철거당하는 대추초교를 부여안고 울었다
　700명이 지키는 대추초교를 감싸고
　1만 5천의 군경이 몰려오던 5월 4일 새벽
　처음으로 손에 든 촛불을 놓고 죽봉을 들었다

이것은 아니라고 아니라고 허공을 향해 휘저었다
그럴 때마다 내 영혼도 따라
바람 앞의 촛불처럼 심하게 흔들렸다

대추리에서 쫓겨나오자
한미FTA 떼강도가 기다리고 있었다
FTA는 일터 하나를 뺏는 것이 아니었다
마을 하나를 빼앗는 것이 아니었다
그것은 쌀과 영화와 의약품과 방송만 빼앗는 것도 아니
었다
그것은 삶의 모든 가치를 빼앗는 것이었다
경쟁력이 없는 인생은 인생이 아니라는 말
경쟁력이 없는 대지는 대지가 아니라는 말이었다
우리는 다시 촛불을 들고 거리를 뛰었다
싸움이 가물가물해질 때 허세욱 열사는
자신의 몸을 심지로 내놓았다
그는 우리 모두의 양심을 끝까지 소진케 했다

그렇게 몇년 나는 지난 시절
화염병과 돌과 쇠파이프를 들던 손에
촛불을 들고 유령처럼 밤거리를 서성였다
촛불은 진화하면 화살촉이 되는 걸까
들불이 되는 걸까 때로는
백만 촛불로 광화문을 뒤덮어보기도 했지만
광장은 다시 차벽과 공권력의 폭력에 밀리고
나는 다시 기륭전자 비정규직 여성노동자들을 위해
그들이 오른 구로역 CC카메라탑 아래에서
콜트·콜텍 기타 만들던 노동자들이 오른
양화대교 천변 고압송전탑 아래에서
다시 용산참사가 일어난 남일당 건물 아래에서
순한 촛불 하나를 들고 있다

단 한번도
민중 무력 없이 세상이 바뀐 적은 없다고
청원으로 민주주의는 성장하지 않았다고
불붙는 심장의 열기는 차마 꺼내지 못하고

가끔 촛농처럼 뜨거운 눈물 몇방울 떨구며
순한 촛불 하나를
어두운 밤 보탠다

황새울 가는 길

아홉살 아이가
폐가 할 때 폐자가 한자로 무슨 뜻이냐고 묻는다
닫을 폐, 집 가 해서
닫힌 집, 즉 사람이 살지 않는 집이라고 하자
아이가, 아하 대추리에 많은 집들이라고 한다
그래그래 하다가 쓸쓸해진다

주말이면 아이도 나와 함께 대추리를 다녔다
군데군데 파헤쳐진 흙무덤들을 봐야 했고
저의 놀이터였던 대추초교가 포클레인 이빨에
아그작 아그작 무너지는 것을 봐야 했다
대추초교를 지키다 머리가 깨져
병원에 누워 있는 나를 보아야 했고
머리가 깨진 채 다시 황새울 철조망을 걷고 들어가
공수부대와 싸우는 아빠와 엄마를 보아야 했다

황새울 입구를 막으면 도두리 쪽으로 돌아갔고
도두리가 막히면 본정리 쪽으로 돌아갔다

논둑을 한없이 걸어가는 엄마 아빠를 보며
작은 다리로 민들레처럼 걷기에 지친 아이는 가끔
"이제 그만 걸으면 안돼?" 하곤 했지만
그때마다 조금만 더 걷자고 말할 수밖에 없었다
그런 어른들의 세계가 답답한지
아이는 곧잘 다시 물어왔다
"걷는다고 도대체 뭐가 나와?"

그렇구나 우린 단지 걷고 있을 뿐이구나
헬기도 장갑차도 대공포도 하나 없이
세계 최강 미제국의 군대에 맞서
곤봉으로 맞을 길을 찾아, 경찰서로 끌려갈 일을 찾아
가다가다 보면 레바논으로 팔레스타인으로
이라크로 이어져 총 맞을 일을 찾아
우리는 다만 걷고 있을 뿐이구나
이름 없는 풀꽃 하나에 마음 쏠리며
철조망 넘나드는 나비들의 자유로운 유영을 부러워하며
철부지처럼 그냥 그렇게

역사의 뒤안길을 걷고 있을 뿐이구나

하지만 아이야
그래도 쉬지 않고 걷고
또 걸어야 하는 길이 있단다
가다보면 벗이라곤 저 하늘에 별뿐이더라도
저 포탄도 전투기도 레이더도 끝내 따라오지 못할
역사의 먼 길이 있단다
엄마와 아빠는 그 길로 가고 싶은데
아이야, 조금만 더 우리를 기다려주면 안되겠니
대추리 어느 폐가, 지킴이의 집에서
곤히 잠든 아이 머리맡에 앉아
가난한 상념에 젖곤 했다

제4부

오래 산 나무에 대한 은유를 베어버리라

오래 산 나무에 대한 은유로
가득 찬 시들을 보면
벌목해버리고 싶은 충동

그 그늘에 기생하는
역사에 대한 미결정과
안온한 무지와 무책임의 농담이
늘 그 자리인 환원의 뿌리가
지겨워

내게서 더이상
묶인 나무를 빗댄 은유를 바라지 마라
그 자리에서 눈물로 뚝뚝 떨어져버리는
참혹한 꽃의 비유를 바라지 마라

난지도 쓰레기꽃

포스트모더니즘이 한창이던 시절
바람 부는 날이면 영등포에서 130번 버스 타고
난지도에 갔다

거기 쓰레기산에 하늘거리는 국화 꽃송이
보러 갔다 해체가 무시기 엽기인 양
생살 토막 갖다버리는 일 허다한 도회지보다
쓰다버린 물화일망정 가지런히 해체해서
꽃으로 배추로 무로, 1000원 2000원 3000원
먹고사는 일로 소화해내는
난지도의 해체가 나는 훨 신묘해

바람 부는 날이면 난지도로 갔다
쓰레기산 비탈에 육덕 좋은 엉덩이 깔고 앉은
누런 손수건의 배추포기들이
이 땅 뿌리임을 잊지 않으러
난지도 쓰레기꽃들 보러 갔다

참, 좆같은 풍경

새벽 대포항
밤샘 물질 마친 저인망 어선들이
줄지어 포구로 들어선다

대여섯 명이 타고 오는 배에
선장은 하나같이 사십대고
사람들을 부리는 이는
삼십대 새파란 치들이다
그들 아래에서 바삐 닻줄을 내리고
고기상자를 나르는 이들은, 한결같이
머리가 석회처럼 센 노인네들뿐

그 짤짤한 풍경에 어디 사진기자들인지
부지런히 찰칵거리는 소리들
그런데 말이에요
이거 참, 좆같은 풍경 아닙니까
부자나 정치인이나 학자나 시인들은
나이 먹을수록 대접받는데

우리 노동자들은

왜 늙을수록 더 천대받는 것입니까

주름

문득, 주름이라는 말에 대해 생각해본다
마흔 넘다보니 나도 참 많은 주름이 졌다
아직 마르지 않은 눈물이 고여 있는
골도 있다 왜 그랬을까?
채 풀리지 않는 의문이 첩첩한 고랑도 있다

여름 볕처럼 쨍쨍한 삶을 살아보고 싶었지만
생은 수많은 슬픔과 아픔들이 접히는
주름산과 같은 것이기도 했다 주름의 수만큼
나는 패배하고 있는 것 아닌가라는 두려움도 많았고
주름이 늘어버린 만큼 알아서 접은 그리움도 많았다

하지만 돌이켜보면 그런 주름들이
내 삶의 나이테였다 하나하나의 굴곡이
때론 나를 키우는 굳건한 성장통, 더 넓게
나를 밀어가는 물결무늬들이었다 주름이
참 곱다라는 말뜻을 조금은 알 듯도 하다

산다는 것 그것은 어쩌면
수많은 아픔의 고랑과 슬픔의 이랑들을 모아
어떤 사랑과 지혜의 밭을 일구는 것일 거라고
혼자 생각해보는 것이다

경계를 넘어

나는 내 것이 아니다

오늘은 평택 쌀과 서산 육쪽마늘과
영동 포도와 중국산 두부와
칠레산 고등어를 먹었다

내 뼈와 살과 피와 내장과
상념도 실상 모두 이렇게
태어난 실뿌리가 다르다

그런 내가 한 가지 생각에만 집착한다는 것은
도의에 맞지 않는 일이다 이렇게만
바뀌어야 한다고 고집하는 것도
순리에 어긋나는 일이다

햇빛처럼 쟁쟁해졌다가
물안개처럼 서늘해졌다가
산간처럼 첩첩해졌다가

바다처럼 평원처럼 무한히 열리는
모든 생명이 내 안에 살아 있다

나만이 무엇이 되어야겠다고 생각하는 것은
의아한 일이다 이것은 내 것이라고 움켜쥐는 일도
갸우뚱한 일이다 내 조국만이 잘되어야 한다는 일도
치사한 일이다 양파도 알고
대파도 알고 쪽파도 아는 일이다

아직 오지 않은 말들

언제부터인가
있는 말보다
없는 말을 꿈꾼다

금세 가족이 되어 동화되는 말들은
그 말들이 아니다 그의 말들은
닮기 위해 오지 않고
설명하기 위해 오지 않는다

나는 이 말들의 음역이
좀체 떠오르지 않아
많은 날을 벙어리처럼 침묵해야 했다
때론 벽을 쿵쿵 울려보기도 했다

나는 오늘도 이 말들을 찾아
거리를 헤맨다 아귀처럼
어느 길목에서 그 말들이
내 몸을 삼킬 수도 있다

나는 전혀 다른 목숨으로 그 말들을
토해내야 할지도 모른다
그 말들은 뼈를 토해놓고
이것이 말이다라고 할지도 모른다

셔터가 내려진 날

저물어가는 일요일 오후
청계천 공구상가 골목
셔터에 새로 파란 뻥끼칠을 하고 있는 사내를 본다

누구나 한번씩은 녹슬어가는 것을 닦고
새로 칠을 해보고 싶지 않으랴
겉이라도 반지르르하게 새단장해보고 싶지 않으랴
파란 내일을 위해 녹슨 오늘을 닦아보고 싶지 않으랴

녹슨 셔터에 뻥끼칠하는 것을 보니
셨다에 빠져 인생을 뻥이치고 만 늙은 아비가 떠오르고
셔터가 없던 시절 밤마다 그 아버지 도와 닫던 양철문이
떠오르고
주인이 셔터 내리는 것까지를 보고 돌아오던 야식집 다
니던 엄니가 떠오르고
이젠 둘이서 쓸쓸한 저녁밥을 먹으며
이제 곧 삶의 셔터들을 내리고 저 하늘로 돌아갈 준비를
하고 있을 그들이 떠오르고

‘셨다 마우스’라고 말하며 깔깔거리던 젊은 시절

셨다가 돌아보고 다시 셨다가 돌아보다 끝내 마음의 문 내리고 떠나온 어떤 길들

돌아갈 곳 잃고 어느 셔터 앞에 앉아 마지막 술잔 나누곤 하던 희뿌연 새벽의 말들

셔터만 들이대면 마음 그늘마저 찍히는 듯 고갤 숙이곤 하던 오랜 나의 우울이 떠오르고

셔터를 내릴 수 있는 조그마한 가게라도 하나 있으면 그곳에서 철물이라도 짜며 조용히 한세상 마칠 수도 있겠다던 궁핍한 나날들이 떠오르고

상점 셔터가 철커덩하며 내려지고 차디찬 자물쇠가 채워지는 것을 볼 때마다 그마저도 잠글 것 하나 없던 가난한 이웃들 마음이 밟혀 또 그렇게 문 내리는 하루 저물녘들이 무정하던 때들이 떠오르고

나도 누군가에게는 무정한 셔터였을지도 모른다는 생각도 해보다

수없이 감아버렸던 눈이 떠오르고
　수없이 닫혀가던 세상의 문들이 떠오르고
　하얀 스크린을 올릴 일보다는
　이젠 내 인생의 검은 막을 내려야 할 때가 가까워졌는지
도 모른다는 슬픈 생각에 빠졌을 때
　아무래도 저세상은 있는 것 같다고
　그러지 않고서야 이렇게 사는 게 쓸쓸할 수가 있느냐고
　이 생은 파토라고, 이런 것을 인생이라고 할 수 있느냐고
　당신들은 이것이 사는 거라고 생각하느냐고 누구라도
붙잡고 이야기하고 싶을 때
　나무들처럼 나도 한 계절의 막을 내리고
　다시 한 생의 막을 올릴 수 있다면 좋겠다고 생각도 해
보다
　사람은 죽어서 꼭 풀벌레로만 환생하는 게 아니라
　저 셔터로도 태어나고 저 자물통으로도 태어나고
　저 뺑끼로도 태어나는 걸 거라고 생각도 해보다
　셔터라는 말 한마디에도 이리 목메는
　이 아름다운 세상을 어떻게 버릴 수 있을지를 생각해본다

삶이라는 광야

저물녘 다세대주택가 골목에
네살쯤 돼 보이는 쌍둥이 둘
겨드랑이 양 옆에 보듬어 앉히고
또 배가 부른 주근깨의 산모가
미어터진 시장바구니 저만치 밀쳐두고
주택 계단 턱에 비스듬히 기대앉아
휘유 휘유 가쁜 숨 몰아쉬고 있다

해는 기울어 저녁밥 지을 시간
물끄러미 보고 가는 사람들 눈총이 부끄러운지
어미도 아이들도 고개 들지 못한다
이만큼 순박한 산줄기가
또 어느 광야에 있으랴

서정에도 계급성이 있다

한땐 내 가슴 마당이
잡부숙소보단 넓으리라 했다
간이옥 주점 창살방보단 밝으리라 했고
발전기 소리 웅웅거리는
작업장보단 조용하리라 했다

목수도 칠도 방통도
하빠리 기레빠시 인생들
모두 다 내게로 오라 했다
헐거운 삶들 가슴에 들여 살며
달방 주인처럼 신이 났다

하지만
세월 흘러 돌아보거니
난 그 마르지 않던 서정의 샘을
딱딱한 책으로 과학으로
이성으로 가득 메워버렸다

낮술 거나한 노을이
황금들녘 퍼져 일어나지 못해도
아무도 그를 깨우지 않던
따사롭던 내 여름날
가난했던 서정이여

* 방통: 콘크리트 가설이 된 바닥 마무리 작업을 하는 이들.
  하빠리: 기준치에 미달한 하급의 것들.
  기레빠시: 용도에 따라 쓰고 난 후 쓸모없이 남은 자재들.

혁명

나는 자꾸 뭔가를 잃어버렸다는 생각이 든다
오래 묵은 전화번호부를 뒤적거려봐도
진보단체 싸이트를 이리저리 뒤져봐도
나는 왠지 무언가 크게 잃어버린 느낌이다
그것이 무엇일까 공단 거리를 걸어봐도
촛불을 켜봐도, 전경들 방패 앞에 다시 서봐도
며칠째 배탈 설사인 아이의 뜨거운 머리를 만져봐도
밤새 토론을 하고 논쟁을 해봐도
나는 왜 자꾸 뭔가를 잃어버렸다는 생각이 들까

조용히 눈을 감아본다
분명히 내가 잃어버린 게 한 가지 있는 듯한데
그것이 무엇이었는지 잘 생각나지 않는다

뇌파

어느날 낚싯줄에 걸려 올라온
헝클어진 그물망처럼
버려져도 상관없을 의식의 튜브를
내 머릿속에 꽂고 있는 관계의 선들이
가끔은 버겁다

선과 선의 연결만으로는
해결되지 않는다 선은
제가 감당할 수 있는 무게만을 기억할 뿐
제가 붙잡고 있는 선 밖의 것들을
떠올리지 않는다

문제는 불륜의 이불처럼
넓게 짜여진 공생의 네트워크가 아니라
그 그물망 위에서 텀블링하는 아이처럼
솟구치는 상상이다 생산의 전원을 꺼라
인간은 섬유질 몇그램의 총합만이 아니다
코드를 아는 건 중요하지만
중요한 것은 모두 코드 밖에 있다

수조 앞에서

아이 성화에 못 이겨
청계천 시장에서 데려온 스무 마리 열대어가
이틀 만에 열두 마리로 줄어 있다
저들끼리 새로운 관계를 만드는 과정에서
죽임을 당하거나 먹힌 것이라 한다

관계라니,
살아남은 것들만 남은 수조 안이 평화롭다
난 이 투명한 세상을 견딜 수 없다

가을, 나무들에게

왜 내게냐고
하늘 향해 성토하듯
빈손 치켜든 나무야

다 떨구어버렸다고
슬퍼하지 말려무나

우리가 너와 같아
수없이 많은 얼굴들을
피눈물로 떨구며
예까지 왔단다

도살장은 무죄다

너를 죽인 건
도살장 컨베이어 씨스템이 아니다

너를 죽인 건 너다 죽어서도
삼겹 사겹의 두려움을 벗지 못하는
너의 불안이 네 목을 짓눌렀다
너는 생의 목적이 그것뿐인 양
먹이를 달라고 꿀꿀거렸다 그렇게 먹고도
네가 더 달라고 꿀꿀거렸을 때, 주인은
그제야 네 의중을 안심했다 그것은
어떤 탈주도 꿈꾸지 않고 복종하겠다는
가장 확실한 약속

근수를 달아주랴 눈금을 속여주랴
도살장은 무죄다
그것은 결과였을 뿐 원인은 아니었다
원인은 네가 돼지였다는 사실뿐이다
네가 끊임없이 먹고 있을 때

너를 먹는 더 거대한 입이 있다는 것을

알고도 피해버린 너의 굴욕

너의 비겁이다

당신은 누구인가

당신은 학생이 아니다
졸업한 지 오래됐다
당신은 노동자다 주민이다
시민이다 국민이다 아버지다
가정에서 존경받는 남편이고
학부모며 집주인이다
환자가 아니고 죄인은 더더욱 아니다

그런데 당신은 이 모두다
아침이면 건강쎈터로 달려가 호흡을 측정하고
저녁이면 영어강습을 받으러 나간다
노동자가 아니기에 구조조정엔 찬성하지만
임금인상투쟁엔 머리띠 묶고 참석한다
집주인이기에 쓰레기매각장 건립엔 반대하지만
국가 경제를 위한 원전과 운하 건설은 찬성이다
한 사람의 시민이기에 광우병 소는 안되지만
농수산물 시장개방과 한미FTA는 찬성이다 학부모로서
학교폭력은 안되지만, 한 남성으로

원조교제는 싫지 않다 사람이기에
소말리아 아이들을 보면 눈물 나고
미군의 아프가니스탄 침공에는 반대하지만
북한에 보내는 쌀은 상호주의에 어긋나고
미군은 절대 철수하면 안된다

도대체 당신은 누구인가?

모든 것이 돌아온다
박수연

모든 것이 돌아온다. 저 과거로부터 혹은 미래로부터.
시도 그렇다. 송경동은 그의 첫시집 『꿀잠』(2006)에서

> 어둠 깔린 가리봉오거리
> 버스정류장 앞 꽉 막힌 도로에
> 12인승 봉고차 한 대가 와 선다
> 날일 마친 용역 잡부들이 빼곡히 앉아
> 닭장차 안 죄수들처럼
> 무표정하게 창밖을 보고 있다
>
> 셋 앉는 좌석에 다섯씩 앉고
> 엔진룸 위에 한 줄이 더 앉았다
> 육십이 훨 넘은 노인네부터
> 서른 초반의 사내

이국의 푸른 눈동자까지
한결같이 머리칼이 누렇게 세었다

어떤 빼어난 은유와 상징으로도
그들을 그릴 수가 없다
그들은 아무 말도 하지 않았다
——「그들은 아무 말도 하지 않았다」 전문

고 쓴다. 다국적 용역 잡부를 지시하는 이 언어가 가능한 의
미들의 각축장이 되고 있음을 눈여겨볼 필요가 있다. 1연과
2연에 등장하는 언어들은 침착하고 객관적이다. 일 마친
일용노동자들의 퇴근길 표정을 묘사하는 시적 정황에는
분노의 심정으로 타오르는 그 흔한 저항의 언어들이 들어
있지 않다. 그것은 "무표정하게 창밖을 보고 있"는 존재들
의 언어이다. 어떤 일도 일어날 수 없다는 듯한 체념과 피
로가 시의 맨 앞에 떠오른다. 이 체념과 피로는 1998년 이
후 세계 자본주의 체제의 억압에 직접적으로 노출되기 시
작한 한국 노동자들의 현상태를 드러내는 것인데, 전망을
상실한 사람들이 묘사의 언어를 선택한다고 루카치는 말
한 바 있다. 묘사는 대상의 내부보다는 외부에 있는 시선
의 거리를 필요로 하는 것이어서, 이루 말할 수 없는 아득
함의 공간을 그 사이에 만들어놓는다. 물론 루카치의 말이

반드시 옳은 것만은 아닐 것이다. 가령 위 시는 체념과 피로를 말머리에 두고, 그 어두운 공간을 건너면서 어떤 단단한 존재의 실물감을 드러낸다. "아무 말도 하지 않"는 그들이 그렇다. 침묵의 존재는 바로 그 침묵으로 세상과 불화한다. 이 불화의 태도가 환기하는 것은 체념과 피로의 순간이 또다른 삶의 발화점일 수 있다는 사실이다. 언젠가 불타오르게 될 내부로 웅크리면서 다국적 일용노동자들은 침묵에 싸여 있다. 이로써 시는 눈에 보이지 않는 것을 보여주는 일에 성공한다. 1998년 이후 한국 노동운동의 조합주의적 우편향과 그 패배 속에서도 여전히 타협을 모르는 활동가의 목소리가 여기에 있다. 이때, 노동자들의 주춤거림은 그들의 내부에서 준비되고 있는 싸움의 생태학이라 할 수 있다. 일용노동자들이 빼곡히 앉은 모습을 운명적 현실이라고 한다면, '잡은 손을 놓지 않고 엉겅퀴처럼 다시 일어나 싸우는 질긴 목숨'(「생태학습」)에 대한 상상도 오래 기억되어야 할 것이다. 위 시가 의미의 각축장이라고 쓴 것이 이 때문이다.

　대상의 묘사로써 비가시적인 것을 가시화하는 작업이 이루어지고 그를 통해 의미의 각축장이 형성된다고 해서, 지향되어야 할 의미를 향한 경향성이 무화되는 것은 아니다. "어떤 빼어난 은유와 상징으로도/그들을 그릴 수가 없다"는 구절과 함께 시의 또다른 이면이 형성되기 때문이다. 그 이면이란, 노동하는 육체에 대한 객관적 거리는 결국 지적 조작의 명분에 지나지 않는다는 사실, 따라서 대상의 실상에 접근할 수 없다는 사실을 선언하는 것이다. 이 의미가 중요하다. 2000년대 한국 노동운동이 급격하게 경제투쟁으로 변모하는 와중에 씌어졌을 이 시가 1, 2연에 나타나듯이 모종의 패배적 분위기를 동반하는 것은 당연한데, 오히려 그렇기 때문에 그 분위기 밑에 기입된 현실 비판적 시선에 더 주목해야 하는 것이다. 시인이 "어떤 빼어난 은유와 상징으로도"라고 쓸 때, 여기에는 시의 언어 미학을 형성하는 데 필요한 기본적 요청을 부정하는 심리가 작용한다. 이를테면 '어떤 빼어난' 언어일지라도 저 일용노동자들의 현실태를 표현하는 데 무능력하다는 것. 이 무능력은 긴 언어수련의 도제적 과정을 백지로 돌리도록 강제하는 현실 자체의 압도적 힘 때문일 것이다. 그렇다면 최종적으로 남는 것은 언어 이전의 현실 자체일 수밖에 없다. 현실은, 그것이 비참이든 환희이든, 바로 자신 자체로 움직이는 물질이다.

그런데, 은유가 순간적인 의미의 솟아오름이고 상징은 그 의미를 고정시키는 언어방식이기 때문에, 그것의 불가능성을 지적하는 시에는 언어의 그러한 사용을 비판하고 넘어서려는 대안적 사유가 있어야 한다. 언어 이전의 그것은 의미 이전, 혹은 의미들의 역사 이전에 대한 사유일 것

이다. 하나의 의미가 시대적 맥락 속에서 형성되게 마련이
라는 점을 고려하면 의미 이전이란 곧 지금 이 시대를 앞
서 있는 것과 넘어서는 것에 대한 호출일 수밖에 없다.
"그들은 아무 말도 하지 않았다"라는 구절이 단지 삶의 피
로와 체념을 의미화하는 선에서만 읽힐 수가 없는 것은 그
때문이다. 그들은 지금 언어 이전이자 의미 이전인 침묵의
존재 자체로 스스로를 증명하고 있는 노동자들이다.

　이미 아주 오래된 이 기본적 유물론이 논리적으로 성립
시키는 것은 그 현실과 맞대면하여 노동하는 존재의 근원
적 힘이다. 일상적으로는 비가시적인 이 상태의 압도적인
힘을 언어적 공교함보다 우위에 두는 심리는 그러므로 현
실적 삶의 모든 세련을 돈과 여유의 확보를 통해서만 가능
한 것으로 만들어버리는 시대에 대한 비판정신의 소산이
라고 해야 한다. 형용사 '빼어난'은 언어미학에 사로잡힌
시인들에 대한 잠재적 야유이다. 그것은 '빼어난' 언어에
집중하는 일만으로는 부족하다는 야유이자, 그 언어보다
성큼 앞서가는 존재들의 침묵이 더욱 소중하다는 사실을
환기하는 야유이다. 너무 많은 '빼어난' 말을 하다가 자주
자신들의 삶 속에서 망각하곤 하는 현실의 실물감을 시인
들은 기억하라고 송경동은 항변한다.

　'모든 것이 돌아온다'고 썼던 이유가 여기에 있다. 아주
오래된 유물론이 송경동의 시를 통해 돌아온다는 것, 그것

은 삶 자체가 돌아온다는 말이기도 하다. 송경동은 이번 시집에서도 여전히 "어떤 아름다운 수사"로도 형상화할 수 없는 삶 자체에 대해 말한다. 그 삶은 무미건조한 노동에 시달리고, 빼앗기고, 얻어터지는 삶이다. 「비시적인 삶들을 위한 편파적인 노래」에서 그 삶은 돌아온다. 그와 함께, 그 삶의 짝패로서, "어떤 그럴듯한 표현으로 그려줄까"(1연) "어떤 그럴듯한 은유로 보여줄까"(2연) "어떤 아름다운 수사로 그 밤을 형상화해줄까"(3연) "어떤 상징으로 그 아침을 새겨줄까"(4연)라고 쓴 뒤

> 당신의 죽음 앞에서
> 어떤 아름다운 시로 이 세상을 노래해줄까
> 어떤 그럴듯한 비유와 분석으로
> 이 세상의 구체적인 불의를
> 은유적으로 상징적으로
> 구조적으로 덮어줄까

라고 시인이 외칠 때, 언어의 불모성은 다시 반복된다. 반복이되, 이것은 모든 차이를 실현하는 반복이다. 침착함은 격렬함으로 변하고, 언어미학에 집중하는 행동은 결정적으로 부정된다. '빼어난 은유와 상징'의 무능력을 환기하던 태도는 "그 깊은 서정성으로, 그 새로운 해석과 역사성

으로/어떤 문학사의 말석에나마 기록될 수 있을"(같은 시)
가능성을 거부하는 태도로 심화된다. 「오래 산 나무에 대
한 은유를 베어버리라」에서 은유를 "역사에 대한 미결정
과/안온한 무지와 무책임의 농담이/늘 그 자리인 환원의
뿌리"라고 비판할 때, 시인이 돌아가야 할 곳은 그러므로
'역사에 대한 결정과 힘겨운 책임의 진지함'으로 수렴되
는 곳이어야 할 것이다. 그곳은 "더럽고 추악한 세상을/
없는 자들의 새 법으로 엎어버려야"(「비시적인 삶들을 위한
편파적인 노래」) 하는 장소이다. 그러므로 언어미학의 불모
성만이 반복되는 것이 아니다. 결정적으로, 혁명이 돌아온
다. 오랫동안 집단적 일방주의로 비판받아왔던 '없는 자―
프롤레타리아'의 혁명이, '일상적이고 보편적이고 평범한
착취'(같은 시)에 대응하여, 그 착취만큼이나 '일상적이고
보편적이고 평범하게' 돌아오는 것이다.

　송경동의 추모시나 행사시가 단지 어떤 사건이나 행사
에 대한 격에 맞는 언어들의 미화와 다른 이유가 여기에
있다. 그의 언어는 생생한 삶 자체를 지향하려는 언어이며
진정한 말(의미)을 잃어버린 사람들의 언어("뜻을 잃은 말
들의 파편", 「우리들의 암송」)이지만, 그런 점에서 현재의 주
체의 영역을 벗어나 있는 곳에서 흘러나오는 목소리이다.

　　나는 오늘도 이 말들을 찾아

거리를 헤맨다 아귀처럼
어느 길목에서 그 말들이
내 몸을 삼킬 수도 있다

나는 전혀 다른 목숨으로 그 말들을
토해내야 할지도 모른다
그 말들은 뼈를 토해놓고
이것이 말이다라고 할지도 모른다

　　　　　　　　　　──「아직 오지 않은 말들」 부분

　시인이 찾는 말이란 시일 수밖에 없다. 송경동에게는 그
것이 모든 은유와 상징을 벗어난 말이며, 기존의 세계에
포섭된 의미 이전을 지시하는 말이라는 사실을 독자들은
알고 있다. 그것은 이 세계에 '없는 말'이다. 그렇기 때문
에 그것은 기존의 문법과는 전혀 다른 형식으로밖에는 달
리 드러나지 않는다. 시인은 그 말을 찾아 헤매고 꿈꾸지
만, 그 말들이 시인을 삼켜버릴지도 모른다. 이것은 말의
홍수와도 같은 사태에 시인이 휩쓸려버린다는 사실을 뜻
할 것이다. 여러 선택 가능한 언어들을 하나의 언어로 압
축하는 것이 은유이다. 그 언어의 저장고에서 언어를 선택
하는 능력을 상실할 때 실어증이 발생한다. 이를테면, 저
앞에서 은유를 부정했던 시인의 심리란, 기존의 언어 사용

방식으로는 말할 수 없는 존재들, 요컨대 기존의 의미체계로부터 배제된 존재들의 언어를 탐색하기 위한 출발점이었던 셈이다.

새로운 형식의 언어란 무엇일까? 시인은 그것을 "뼈를 토해놓고/이것이 말이다라고 할지도 모"르는 언어라고 쓴다. 이것이야말로 '말이 아닌 말'일 것이다. '전혀 다른 말'인 이것이 바로 앞 행에서 "전혀 다른 목숨"으로 표현되었을 때, 이미 시는 기존의 세계를 벗어난 장소를 지시하는 중이었을 것이다. 그러므로 '전혀 다른 목숨'은 지금 이곳에 있는 삶이 아니라 예상치 못한 외부의 어느 장소에서 활동하는 삶일 것이다. 말도 마찬가지이다. '뼈라는 말'은 전혀 다른 방식으로 움직이는 외부의 말이다. 그런데 시인은 "나는 전혀 다른 목숨으로 그 말들을/토해내야 할지도 모른다"라고 쓴다. '전혀 다른 목숨'이 시인의 몸 안에서 쏟아져나오는 것이니까, 그 외부는 사실은 시인의 내부에 있는 외부였던 것이다. 꼬뭔은 그 꼬뭔을 지향하는 행동들의 내부에 있다고 이미 오래전에 혁명가들이 말한 것처럼, "생의 완성은/다만 저 혁명의 완수에만 있지 않"(「마산항 새벽복국」)다고 송경동은 말한다. 혁명이라는 말 외부에서 함께 웃고 떠드는 순간 자체가 생의 완성이라고 그는 주장하는 중이다. 그것은 지금 이곳의 안쪽에 있다. 혁명이 '일상적이고 보편적이고 평범하게' 돌아온다는 말은 이렇게 다시 증거를 확보한다.

실은 그 외부가 지금 이곳의 현실 속에서는 무허가의 존재론적 장소라는 점을 기억하도록 하자. 모든 존재는 이미 외부를 내부에 가지고 있지만, 그것을 인정하지 않으려는 곳에서 용산참사가 발생하고 '미누' 추방이 발생한다. 시인은 그러나 스스로 '무허가'가 되고자 한다.

> 그런 내 삶처럼
> 내 시도 영영 무허가였으면 좋겠다
> 누구나 들어와 살 수 있는
> 이 세상 전체가
> 무허가였으면 좋겠다　　　　　　 ──「무허가」 부분

이것은 스스로 외부가 되고자 한다는 말과 같다. 그 외부가 자유의 공간이라는 사실을 기억해야 할 것이다. 이 세상 전체가 무허가이기를 바랄 때, 세상은 문득 모든 사람들에게 속한 영역이 된다. 외부는 사람들의 내부에 이미 숨어 있는 것이니까, 결국 세상이 외부가 될 것이다. 세상 자체가 변해야 하는 것인데, 그것이란, 세상 내부를 끄집어내는 것이다. 세상의 질서를 바꾸는 일이 그것이라고 송경동은 믿고 있다.

문제는 불륜의 이불처럼
넓게 짜여진 공생의 네트워크가 아니라
그 그물망 위에서 텀블링하는 아이처럼
솟구치는 상상이다 생산의 전원을 꺼라
인간은 섬유질 몇그램의 총합만이 아니다
코드를 아는 건 중요하지만
중요한 것은 모두 코드 밖에 있다

—「뇌파」 부분

  코드는 질서이다. 그것에 사로잡힌 세계 파악이 과학적인 것이라고 믿는 시대가 바로 지금이지만, 시인에게 그것은 다만 지양하고 벗어나야 할 그물망일 뿐이다. 시인에게 인간의 상상은 바로 그 그물망의 시대를 벗어나는 일을 과제로 삼는 것이다. 그것만이 '자유'라는 사실을 시인은 '코드 밖'의 상상으로 확인해둔다. 코드를 바꾼다는 것은 모든 질서를 바꾼다는 것이다.

  이 자유가 실현되기까지 끝없는 싸움이 있을 것이고, 송경동 역시 현실 속에서 고통받는 존재이다. 그 역시 두려움에 떨기도 한다. 투사로서의 시인이 언제나 견결한 의지로써만 세상을 살아나갈 수는 없다고 털어놓는 시가 독자의 마음을 친다.

아침이면 다시 지하방에서 솟아오른 사람들이 공단으로 피와 땀을 팔기 위해 활기차게 넘던 그 고가, 그 길밖에 없었던, 젊은 날들을 다 보낸, 지금은 테크노 디지털 밸리가 된 굴뚝 공단에 흉물처럼 남아 있는, 나처럼 남아 있는, 나는 아직도 그 불우하고 불온했던 삶의 고가에서 내가 잊혀질까 두렵다

—「이 삶의 고가에서 잊혀질까 두렵다」 부분

이것은 힘겨운 고백일 것이다. 이번 시집을 크게 지배하는 이 고백과 외로움과 두려움의 정서는 그의 견결한 삶 내부에 있는 상처들에 대해 관심을 갖도록 독자들을 유도한다. 이런 의미에서 그의 이번 시집을 한국 노동자계급의 한 개별적 존재가 가질 수 있는 보편적 비망록이라고 읽어도 될 것이다. 그 슬픔과 외로움의 기억을 거쳐 세상의 정치경제학에 대한 어렴풋한 인식을 지렛대 삼아 겨우 버텨온 시간들이 있었는데, 그것이 망각될지 모른다는 사실이야말로 현재 한국 노동자계급이 처해 있는 존재론적 위기일 것이다. 그 미래에 대한 두려움이 시인을 사로잡는다. 모든 존재는 보편적인 두려움의 대상으로부터 벗어나려고 하는 법이다. 때로는 달아남으로써, 때로는 폭력으로써 두려움 없는 세상에 속하려는 것이 사람들의 본능이다. 그러나 이 시의 두려움은 그런 일반적 두려움과는 거리가 있

다. 이 두려움은 무엇보다도 구체적이고, 삶의 과정 자체이며 누구도 대신해줄 수 없는 실존의 그것이다. 그것은 무엇보다도 자본주의 체제의 계급적 두려움이다. 그 내부의 저 먼 시간을 들여다보면 "아직도 어디선가 내가 울고 있는 소리"가 들려온다. 그 "캄캄한 상상의 뒷간"(「어린 날의 궁전」)에서, 더구나 시인은 힘에 부치는 싸움을 수행하고 있는 중이다.

송경동 시에서 투쟁하는 노동자의 힘을 보리라 예상하는 독자는 이처럼 노동자의 일상을 감싼 불안과 만나야 한다. 이 불안은 상당히 집요한 것이어서, 노동하는 근육의 생산성이 환기하는 저 유형화된 긍정적 결말과는 거리가 먼 정서이다. 이 사태는 아마도 2000년대 노동운동의 어떤 부정성에 기인하는 바 클 것이다. 가치 축적에 의해 세계를 존속 가능케 한 발본적 힘으로서의 노동은 잊혀지고 억압되어 자본이 온 세계를 지배하게 되었을 때 눈에 띄는 것은 백무산처럼 현실을 초월하거나 박영근처럼 여러 갈래로 나뉘어 있는 자아의 모습이다. 송경동은 그것을 당당함, 불안함, 서러움 등의 감정으로 표현한다. 이를테면 그도 한 해의 거의 모든 시간을 현장에서 보내는 활동가이기 이전에 우리와 똑같은 사람이라는 것, 그것이 중요하다. 그런데도 그가 여전히 투사로 살아갈 수 있는 이유는 "그 길밖에 없"다고 생각해야 할 정도로 자본주의로 명명되는 이 현실에서 노동하는 삶의 핵심을 그가 꿰뚫고 있다는 사실이다.

이 외로움의 정서에도 계급성이 있다고(「서정에도 계급성이 있다」) 쓸 수 있었던 것은, 다음과 같은 현실의 정치경제학을 그가 너무도 분명하게 경험하고 있기 때문일 것이다.

관계라니,
살아남은 것들만 남은 수조 안이 평화롭다
난 이 투명한 세상을 견딜 수 없다

───「수조 앞에서」 부분

세계에 대한 관계론적 사유가 실은 우승열패론의 변형된 판본일 수도 있다는 사실을 분명히 환기하는 시이다. 그곳이 계급사회이기 때문이다. 따라서 서정에 계급성이 있다면 그것은 관계에 대해서도 계급적일 수밖에 없다. 그래서 자신은 지배하는 힘의 평화를 견딜 수 없다고 시인은 말하는 중이다. 여기에 폭력이 필연적일 수밖에 없는 것은 이미 맑스를 거쳐서 메를로-뽕띠가 『휴머니즘과 폭력』에서 주장했던 바이기도 하다. "우리가 육화된 존재인 한 폭력은 우리의 운명이다"라고 말했던 메를로-뽕띠는 이어서 "우리가 토론해야 할 것은 폭력이 아니다. 폭력의 의미 내지는 폭력의 미래이다. 이것은 미래를 향해서 현재를,

타자를 향해서 자기를 뛰어넘는 인간적인 행위의 법칙이다"라고 말한다. 이때 모든 타자가 하나의 개별자들로서 집단적 역사와 공통의 계획 아래 연대할 것이다. "타자를 향해서 자기를 뛰어넘는" 이 침범적 폭력이 바로 새로운 세계, 새로운 삶을 예감케 하는 "정치적 사실"이다. 그것은 문학으로써 다만 환기되는 것이 아니라 그 문학으로써 수행되는 사실 자체이다.

이렇게 혁명이 돌아온다. 이렇다면, 결국은 모든 것이 돌아온다는 말이 된다. 데리다가 '맑스의 유령'이라고 썼을 때 그것은 단지 과거의 그 유령일 뿐만 아니라 저 오래된 미래의 어떤 상상적 유령이라는 사실을 강조해두어야 할 것이다. 송경동은 그것을 "더럽고 추악한 세상을/없는 자들의 새 법으로 엎어버려야"(「비시적인 삶들을 위한 편파적인 노래」) 하는 당위성으로 표현하고 있는데, 이 과정에 폭력이 수반되는 것은 당연한 일이 아닐 수 없다. 이 폭력은 이미 기존의 언어로는 그 진정을 설명할 수 없는 행위이다. 다만 시인은 비가시성을 가시화하는 비약적 언어로 그것을 보여줄 수 있을 뿐이다. 실은, 바로 시가 그 언어의 집약체이다. 설명하지 않고 보여주기. 앞에서 루카치의 말에 유보를 달았던 것도 그 때문이다. 그것은 그야말로 유령과 같은 어떤 것이다. 송경동이 이미 쓰고 있지 않은가.

이제 그들이
내 영혼의 방직소를 대신 돌려주고 있는데
나는 얼마큼 걸어와 길 잃은 낙타인가
헝클어진 실타래, 올 풀린 영혼
잊고 싶었던 어떤 유령들의 말

"만국의 노동자여! 단결하라"

—「내 영혼의 방직소」 부분

잊고 싶어도 잊혀지지 않는 유령이 다시 돌아오고 있는
것이다. 시인이 아니라도 그 유령을 되돌아오게 하는 방직
소의 존재들은 얼마든지 있으리라는 것, 다만 그 되돌아옴
이 제대로 된 되돌아옴이어야 하리라는 것, 그것이 중요하
다. 이런 의미에서 송경동은 유령을 말함으로써, 비가시적
인 것을 가시화하는 노동자의 삶 자체가 시라고 말하는 셈
이다.

시는 비약의 언어이다. 송경동은 그 비약을 몸소 실현한
다. 그래서, 송경동의 삶 자체가 자본주의적 착취체계를
비약적으로 뛰어넘으면서 저 미래의 유령을 불러오는 시
바로 그것이라는 사실을 아무도 부정할 수 없을 것이다.
지금은 그것이 '다국적 노동자들→만국의 단결된 노동자
들'로 변신할 수도 있는 어떤 문턱에 있다. 맨 앞에 인용한

시의 "셋 앉는 좌석에 다섯씩 앉고/엔진룸 위에 한 줄이
더 앉았다/육십이 훨 넘은 노인네부터/서른 초반의 사내
/이국의 푸른 눈동자까지"라는 구절은 그 단결의 징후적
표현이다. 그들은 한 치의 틈도 없이 서로 붙어앉아 있다.
무슨 말로도 표현할 수 없는 그 형상은 그들의 침묵으로써
만 수행 가능한 의미의 집결체이다. 그들은 그 행위 말고
아무 말도 하지 않는다. 그것은 과거에도 현재에도 미래에
도 없는 행동일 것이며, 그래서 누구도 쉽게 말할 수 없는
새로운 행동일 것이다.

송경동이 유령에 대해 말할 때 그것은 그러므로 시간과
의 싸움으로 읽혀야 한다. 지금까지 없었던 시간의 현현을
예감하는 것이기 때문이다. 새 시간을 예감한다는 것은 새
세계를 예감한다는 것이다. 데리다가 말했듯이 그것은, 모
든 삶이 거쳐왔고 거쳐가야 할 과거·현재·미래를, 그것의
연속성을 파괴하여 지금 이 순간에 드러내려는 언어 선택
이다. 그 파괴를 통해서만 새로운 정의가 열릴 것이기 때
문이다. 단순하게 말하면 불의에 맞서는 일이 정의다. 그
과정에는 폭력도 있을 것이고 욕설도 있을 것이다. 노동하
는 삶이 곧 대상을 재고 자르는 폭력이라는 사실을 고려한
다면, 송경동의 폭력은 그 폭력을 통해 폭력이 없는 세상
으로 나아가기 위한 몸부림이라고 해야 한다. 우리는 지금
부터 그를 이렇게 부르도록 하자. 모든 시간의 이음매를

어긋나게 만듦으로써 스스로 불의가 되고 그로써 새로운 시간의 이음매를 만드는 시인이 송경동이다. 이음매가 가지런한 것으로서의 '정의'(하이데거)를 넘어서 어떤 존재의 어긋남을 '불의'라고 할 때의 그 불의가 실현하는 정의, 요컨대 "타자로서의 타자에게 정의를 실행할 수 있는"(데리다 『맑스의 유령』) 어긋남, 곧 폭력이 그의 것이라는 말이다. 이런 의미에서 시인은 많지만 누구도 쉽게 정의로워지지 못하는 시대에 송경동은 시적 정의를 실현하는 시인이다.

그는 용산참사에 대한 시 「이 냉동고를 열어라」를 쓴 바 있다. 그것은 불의한 정권에 대한 분노와 절망의 외침이지만, 곧 이어서 냉동고보다 더 차가운 절망의 심정으로 살고 있는 우리를 향한 목소리로 확대된다. 그가 저 외부를 꿈꾸며 자유를 실현할 수 있도록, 실은 바로 우리가 이 세상의 '냉동고'를 열어야 할 것이다. 냉동고는 용산에만 있는 것이 아니라 우리 내부에도 있다. 우리 가슴이 뜨겁게 타오를 때까지 송경동에게는 자유가 없을 것이다. 그 자유가 실현될 때까지 그를 세상의 냉동고에 가두어두고 있는 것은 모든 것이 돌아오는 혁명의 발화점 앞에서 모든 명분에 기대어 차갑게 식어 있는 바로 우리이다. 모든 것이 돌아와도 그것을 보지 못하는 우리이다. 아니 보지 않으려고 하는 우리이다.

朴秀淵 | 문학평론가

어느 늦가을 단풍나무 아래 있다가 단풍잎 한 잎 한 잎 들이 모두 세상이 내게 건네준 생명의 화폐들로 보여 황홀했던 적이 있다. 돌아보니 아침이슬 한 방울, 햇빛 한 줌이 어떤 금괴보다 경이로운 보배였다. 그러니까 나는, 단 한 순간도 궁핍해본 적이 없다.

모르고 산 게 어디 이뿐이겠는가. 과분하게도 나는 더불어 살아가는 사람들과 자연에게서 너무나도 많은 환대와 배움과 사랑을 받아왔다. 배우고, 받아놓고도 그것이 얼마나 소중한지를 몰랐던 때가 훨씬 많았다.

뭐라고, 더 말하겠는가. 이 갸륵한 세상을 아프게 하고 독점하고 사유화하려는 못된 체제와 무리들에 대한 분개 외에 무엇을 더 얻고자 할 것인가.

우연히 오게 되었지만…… 이 세상은 참 아름다운 곳이다.

내 이름을 달고 나오지만 이 시집은 나만의 것이 아님을 잘 안다. 고맙다는 말을 놓아두어야 할 이들이 많지만, 따로 새겨두지 못함을 용서하시기 바란다.

2009년 12월
송경동

창비시선 310

사소한 물음들에 답함

초판 1쇄 발행 / 2009년 12월 30일
초판 26쇄 발행 / 2025년 8월 28일

지은이 / 송경동
펴낸이 / 염종선
책임편집 / 이상술
펴낸곳 / (주)창비
등록 / 1986년 8월 5일 제85호
주소 / 10881 경기도 파주시 회동길 184
전화 / 031-955-3333
팩시밀리 / 영업 031-955-3399 편집 031-955-3400
홈페이지 / www.changbi.com
전자우편 / lit@changbi.com

ⓒ 송경동 2009
ISBN 978-89-364-2310-0 03810